이곳에 볕이 잘 듭니다

이곳에 볕이 잘 듭니다

한순 지음
김덕용 그림

나무생각

휴일 오후 의자를 사야겠다고 집을 나섰다.

헤이리 전시장 명인들의 의자를 뒤로하고 출판 단지 내 가구점으로 향했다. 초겨울 한기 가득한 가구점에는 초로의 나이쯤으로 보이는 여인이 불경기와 독대하듯 일요일 오후와 맞서고 있었다.

몇 마디 이야기를 나누다 그녀의 눈 속으로 들어가게 되었다. 그녀의 눈 속에서 나는 서점에서 지루하게 손님을 기다리던 젊은 날의 남편과 나를 만났다.

몇 번 더 흥정이 있었으나, 남편과 나는 이심전심으로 마음속 구매를 결정하고 있었다.

손님과 약속한 시간까지 문을 열고 지켜야 하는 시간은 환경과 조건과 겨뤄 결국 나를 확인하는 시간들이었다.

에세이를 정리하고 나니 이 또한 시간과 환경과 조건과

겨뤄 결국 '나'를 확인하는 작업이 되었다.

초등학교 5학년에 청주 고향의 녹색에서 떠나와 다시 녹색의 중앙에 머물게 될 때까지 아리고, 슬프고, 환희로웠던 순간들의 기록이다.

다행히 자연은 내가 나임을 찾아주었다. 살기 위해서 찾았던 시골의 자연이 존재를 다시 찾아준 것이다.

《이곳에 볕이 잘 듭니다》는 도시 생존의 터에서 생기를 잃어가던 한 사람이 시골 고향 같은 자연의 품에서 어떻게 회복되어가고 균형을 찾아가는지에 대한 글이다.

'누구나 피어나기 위해 태어났다'는 것을 자연에서 체험하면서 하루하루 새롭게 살고 있다.

바라건대 가구점 여인처럼 문을 열고 기다리니 부디 눈 속으로 들어오시길!

차례

책머리에 4

봄 —— 이곳에 볕이 잘 듭니다

진달래 꽃도장 12
목련이라는 영화 20
이곳에 볕이 잘 듭니다 28
다시 페이지는 넘어간다 38
가난했던 날의 초상 1 - 무심천과 금반지 50
같이 갑시다 56
당신에게 - 우리가 잊고 있는 것들 61

여름 —— 이제 와 새삼

스스로 그러한 것들 68

당선 소감 76

이제 와 새삼 80

엄마의 수묵화 88

외갓집 향기는 왜 이렇게 달큰할까? 92

유리창을 사이에 두고 105

프리랜서 112

가난했던 날의 초상 2 - 촉촉한 건빵 117

가을 —— 느림 속으로

도토리가 질문을 던졌다 126
꽃의 하안거 136
11월을 좋아하세요? 144
유키 엄마와 춤을 151
느림 속으로 160
쉼표, 1초의 미학 166
어머니, 된장 좀 주세요 170

겨울 —— 산부추꽃

1월, 새의 묵상 180

그래서 오늘도 가방을 싼다 186

모피코트는 어디로 갔을까? 196

산부추꽃 199

반으로 줄여야 해 208

가장 먼저 보여주고 싶은 사람 212

열정과 사랑 220

그림 목록 223

봄

—

이곳에
볕이
잘 듭니다

—

봄비 한 번 내릴 때
우리도 한 번 착해지고
봄 새순 고개 내밀 때
묵은 감정에 숨구멍 생기면 좋겠다
이름하여 너도 봄, 나도 봄!

진달래 꽃도장

—

—

해마다 봄이면 입맛을 싹 잃어버린다. 대신 더욱 예민해진 감각으로 산이며 들판을 훑게 된다. 침묵하던 나뭇가지들이 열에 들뜬 붉은빛을 내보낼 즈음 산수유가 노란 봄의 환영을 내비친다. 이때 회갈색 나무숲에도 분홍 점이 하나둘 찍히기 시작한다.

진달래, 과거 같고 먼 미래 같은 꽃이다. 과거처럼 사연을 품은 채 고요하고, 먼 미래 어느 세상에 가는 날 피어 있을 것 같은 꽃이다.

이즈음 나는 봄을 타 잘 먹지도 못하는데, 남편은 이런 나를 위해 동네 야산 아래 조그만 골목골목을 차로 돌아준다. 나는 눈으로 봄의 허기를 채우며 봄의 환영에 스며든다.

약간 도회형인 남편, 약간 시골형인 나는 도시에서 나흘을 살고, 시골에서 사흘을 사는 일상으로 늘 토닥토닥 투닥투닥이다. 시골집에서 서울로 올라가려 청소를 할 때 남편의 행동은 빨라지고, 얼굴엔 환한 미소가 떠오른다. 두 시간 후쯤이면 좋아하는 소파와 커다란 텔레비전 앞에서 아무 생각 없이 휴식을 즐길 수 있다는 생각이 그를 기쁘게 한다. 반면 나는 시골의 집을 두고 왜 또 아파트로 돌아가야 하나 하는 생각으로 꾀를 부린다.

청소를 하다 한쪽 구석에서 커피를 마시기도 하고, 커피잔을 들고 뜰로 나가 원추리 싹이 꽃대를 밀어 올리나 살피기도 한다. 그러면 그는 애가 타서 "순아, 착하지. 차 막힌다." 말을 걸어오기도 하고, "그래, 차 마시고 있어. 거기 내가 청소할게." 하며 나의 청소까지 돕는다.

그와 나는 동업자다. 동업자가 결혼을 한 것인지, 결혼하여 동업자가 된 것인지 잘 모르겠다. 경험이 풍부하고 연륜이 높은 선생님께 우리 부부가 토닥거리며 사는 이야기를 했더니, 그분은 "동업자라고 생각하시오." 하며 매우 명쾌하고 현실적인 답변을 주셨다. 우리 부부는 소리 내어 웃었다. 우리 출판사에서 나는 기획과 편집을, 그는 영업과 운영 관리, 기획을 맡고 있다. 그러니 거의 24시간을 붙어 지낼 수밖에 없다.

그는 나의 직장 파트너이므로 협조하고 화합해야 함에도 불구하고, 나는 아내의 자리에 서서 "안 해. 내가 왜 그걸 해야 되는데…", "싫어. 피곤해. 안 갈 거야." 하고 어이없는 행동을 하기도 한다. 때로는 혼자 늦은 밤까지 시사 프로그램을 보다가 책의 기획거리가 생각나면 아무 생각 없이 자고 있는 그를 흔들어 깨우기도 한다. 그럴 때 그는 "그냥 자, 이년아~" 위트 있는 유머를 날린다.

이런 그와 내가 갈등을 해소하는 곳은 바로 차 안이다. 커피 보온병을 가운데 두고 그는 운전석, 나는 조수석에 앉아 많은 대화를 나눈다. 시선이 산으로 강으로 나무로 꽃들로 흩어지는, 사방이 개방된 차 안에서 우리는 술술 속내를 털어놓는다. 인간인 이상 가질 수밖에 없는 유치한 감정들에 대해서, 아직도 오롯이 살아 있는 '나'라는 존재에 대해

서, 상처받은 봄날이나 이해하기 어려운 사람들에 대해서
도 이야기한다.

그러다 한 사람이 말수가 적어지고 침묵이 길어지면 차
속에 적막이 돈다. 그리고 시간은 과거의 어느 한 시점을
떠돈다.

1984년 광화문. 조금 늦은 퇴근 시간에 한 여성이 정부
종합청사 건물을 나와 후문을 향해 발걸음을 옮긴다. 직사
각형을 층층이 쌓아올린 갑갑한 사무실에서 벗어난 그녀의
발걸음에 해방감이 묻어 있다. 그리고 청사 밖 후문 쪽에
낡은 세무 점퍼를 입은 한 남자가 높은 건물을 올려다보고
있다. 그의 손에는 카세트테이프와 책이 한 권 들려 있다.
두 사람은 청사 후문 밖에서 만나 가벼운 미소를 나누고 같
이 발걸음을 옮긴다.

정동 MBC 옆 '나드리'라는 카페에 앉아 클래식 음악을
녹음해온 테이프를 받고, 그 음악에 대한 이야기를 나눈다.
두 사람의 시간은 광속으로 흐르고, 이제 흐린 불빛에 안개
처럼 떠 있는 음악을 뒤로하고 막차가 끊길까 봐 집으로 발
걸음을 재촉한다. 그가 준 책 속에는 항상 엽서 한 장이 들

어 있다. 화가 김환기의 그림이 인쇄되어 있는 엽서 뒷면에
는 시인 변영로의 〈봄비〉가 그의 글씨로 쓰여 있다.

봄비

변영로

나즉하고 그윽하게 부르는 소리 있어
나아가 보니, 아, 나아가 보니―
졸음 잔뜩 실은 듯한 젖빛 구름만이
무척이나 가쁜 듯이, 한없이 게으르게
푸른 하늘 위를 거닌다.
아, 잃은 것 없이 서운한 나의 마음!

나즉하고 그윽하게 부르는 소리 있어
나아가 보니, 아, 나아가 보니―
아렴풋이 나는 지난날의 회상같이
떨리는, 뵈지 않는 꽃의 입김만이

그의 향기로운 자랑 앞에 자지러지노라!

아, 찔림 없이 아픈 나의 가슴!

나즉하고 그윽하게 부르는 소리 있어

나아가 보니, 아, 나아가 보니―

이제는 젖빛 구름도 꽃의 입김도 자취 없고

다만 비둘기 발목만 붉히는 은실 같은 봄비만이

소리도 없이 근심같이 나리누나!

아, 안 올 사람 기다리는 나의 마음!

청혼을 한 그가 미적거리고 있는 나에게 매일 저녁 찾아
와, 녹음한 음악 테이프와 시가 적힌 그림엽서를 선물하던
시절이다. 부부가 되게 해준 그 시절의 애절한 마음은 이제
우리들 삶 이야기 뒤에 살짝 묻은 웃음으로 남아 있다. 진
달래는 살짝 묻은 웃음 같은 꽃이다. 결혼을 하고 어느 시
점 시점마다 과거의 그는 부분부분 사라져갔다. 그 모습은
물감이 바래가는 모습 같기도 하고 한지로 바른 얇은 문이
한 겹씩 닫히는 것 같기도 했다.

그와 나는 책과 음악으로 만나, 이제는 세월이 흘러 전생의 남매 같은 사이로 변해가고 있다. 마음이 편할 때는 "당신 덕이야." 하다가도, 속이 꼬이면 "내 청춘 물어내!" 하는 표정을 짓는다. 누가 먼저랄 것도 없다. 도시와 시골을 오가면서 나는 그를 점점 더 알게 되는 것 같기도 하고, 점점 더 모르게 되는 것 같기도 하다.

엇박자를 잘 놓던 그와 내가 일치할 때가 있다. 회갈색 나무를 배경으로 점점이 진달래 분홍 점이 찍힌 풍경을 볼 때다. 내가 그 꽃을 보며 "지옥 같아." 해도 "맞아.", "천국 같아." 해도 "맞아.", "햐! 고혹적이다." 해도 "맞아.", "흠, 허무하다." 해도 "맞아.", 그는 진달래에 대한 나의 감상에 언제나 "맞아."로 대답한다. 길 위에서.

그와 나는 이 봄날 무엇이 맞는다는 것일까? 아련하고 애틋했던 지난 세월도 이제는 꽃 그림자처럼 흘렀다는 허무와, 허접한 껍질을 한 겹씩 벗어내고 말갛게 모습을 드러내며 다가올 그 무엇에 대한 그리움 사이에 진달래를 놓고 맞아, 맞아 하고 있다.

진달래는 시간을 늘여놓는 꽃이다. 과거로부터 먼 미래

영계까지 이어진 꽃. 긴 시간이 지금도 사라지고 있음을 색으로 보여주는 꽃. 책과 음악을 이야기로 엮어 살짝 신화로 들어 올리는 꽃이다.

허무와 그리움 사이에 핀 진달래는 과거와 미래 사이에 찍힌 흔들리는 꽃도장이다.

목련이라는 영화

—

—

　　　　　　빡빡한 글자를 보다 눈이 피로해지면
자연히 식물이나 꽃으로 다가가게 된다. 피어 있는 꽃의 모
양새를 보면 너무도 신비하다. 그 보드라운 꽃잎과 중앙으
로 뻗어 나온 꽃술, 그리고 어여쁜 빛깔을 보고 있노라면
창조주의 솜씨에 절로 감탄하게 된다.

　바야흐로 꽃 피는 계절이다. 봄에 피는 꽃은 여러 가지가
있지만, 그중 군계일학은 바로 목련이다. 두꺼운 껍질을 뚫
고 아이보리색 꽃봉오리가 촛불처럼 뾰족이 그 끝을 내밀

면서 영화는 시작된다. 추위가 오락가락하는 사이, 봄의 첫
걸음인 듯 꽃망울들이 올라온다. 그러면 몸도 마음도 새로
운 시작을 맞아 가벼워진다. 무엇인가 꽤 옹골찬 에너지가
꽃봉오리 속에 있어 바라보기만 해도 싱그럽다. 여기저기
올라온 꽃봉오리는 책가방을 메고 집으로 뛰어가는 아이의
뒷모습 같기도 하다.

　언제 필까, 언제 필까 조마조마한 마음으로 출퇴근길 지
켜보면, 어느 날 한두 송이씩 벌어지기 시작한다. 가슴 두
근거리며 미니스커트를 챙겨 입은 새내기 청춘 같기도 하
고, 빌딩 회전문을 처음으로 밀고 들어가는 신입사원 같기
도 하다. 이쁘다, 이쁘다 하며 출퇴근을 하다가 저 멀리에
목련꽃이 만개한 것을 보고, 나는 꿈길에 이끌리듯 낯선 길
목련꽃 나무 아래 선다. 만개한 꽃그늘 아래서 가슴 끝이
싸하다.

　한국 대표 문학 자선집을 만들 때 이야기다. 수줍음이 많
은 여성 소설가 세 분과 작품집을 만들다 친교가 깊어졌다.

그분들은 한국 문단의 유명한 여성 소설가였지만, 언론의
노출도 사사로운 행보도 즐기지 않았다. 그런데 어찌 된 일
인지 목련처럼 우아한 그분들은 마치 막내 여동생을 대하
듯 시간이 흐를수록 내게 애정을 주셨다.

　마침 그때 노래방이라는 것이 생겨서 미국과 한국을 오
가던 선생님이 오시면 우르르 노래방에 몰려가 두세 시간
씩 노래를 부르곤 했다. 몇 차례 노래 순서가 돌고 나면 "한
순, 한순 또 해봐." 하면서 노래를 듣고 계셨다. 그리고 노
래가 끝날 때마다 박수와 환호성을 보냈다. 나는 엄격한 우
리 집에서는 잘 보이지 못했던 흥을 선생님들 앞에서 마음
껏 펼쳤다. 선생님들은 "전국노래자랑에 나가라. 우리가 피
켓 들고 응원할게." 하며 신나하셨다. 왜 노래를 하지 않았
냐는 질문에 나는 엄격한 집안 분위기 때문에 이야기도 꺼
내지 못했다고 했다. 선생님들은 지금이라도 늦지 않았다
며, 이 곡 한번 불러보라고 선곡도 해주셨다.

　어느 날은 그중 한 선생님 손에 이끌려 양평 어디쯤에 있

는 라이브 카페에 간 적도 있다. 바깥 외출을 잘 하지 않는 선생님은 그날 작심을 하신 듯 택시를 불러놓고 있었다. 그 택시를 타고 양평 어느 카페에 내렸다. 그곳에는 곽성삼이라는 가수분이 계셨다. 노래를 하라고 하셨으나, 전문 가수로 연습을 하지 못했던 나는 그 카페에서는 노래를 부르지 못했다. 그리고 서울로 올라와 노래방에 가서 그분 앞에서 노래를 불렀다. 나의 노래를 듣고 그분은 "재능은 있으나 스승이 없었다."라고 말해주었다.

이 정도에서 나의 '가수의 꿈' 해프닝은 끝나는가 싶었는데, 미국에 체류 중이던 소설가 선생님이 귀국하면서 커다란 꽃반지를 하나 사다 주셨다. 이담에 가수가 되면 이거 끼고 노래 부르라고 했다. 나는 그 반지를 이사할 때마다 곱게 챙기곤 했다.

그러고도 세월이 흘러 나는 그 반지의 존재를 잊고 있었다. 다른 사람들의 이야기를 책으로 만들어내는데 30여 년의 세월을 보내고 있던 어느 날이었다. 컴퓨터의 한쪽 구석에 늘 조각조각 구겨져 있던 나의 시를 시집으로 묶기로 했다. 그때 마침 젊은 뮤지션과 알게 되어 내 시를 가사로 한 노래를 작곡하게 되었고, 나는 가수의 꿈을 드.디.어. 펼치게 되었다.

《돌이 자란다》란 음반에는 총 8곡의 노래가 실려 있다. 내 나이 50이 훌쩍 넘어서 벌인 일이다. 신기해하며 EBS 라디오에서 초대해주었다. 평소 안 하던 화장을 하고, 예쁜 니트 원피스도 챙겨 입었다. 그리고 선생님이 선물해주신 꽃반지를 둘째손가락에 끼었다. 늦게 가수가 된 사연에서 선생님들의 이야기가 빠질 수 없었다. 마침 보이는 라디오여서 나는 꽃반지를 들어 보여줄 수 있었다.

수줍음이 가득했던 소설가 선생님들이 저 깊숙이 묻어두었던 목련 몽우리 같은 나의 꿈을 꺼내준 그 용기는 무엇으로 설명될 수 있을까? '오직 피우는 것이 목적인 여성의 운명' 외에는 별다르게 설명할 방법이 없다. 활짝 핀 꽃이 봉곳이 솟아오르는 몽우리를 보며 안쓰러움과 사랑을 퍼부어

주신 것 같다.

 이런저런 생각으로 오가다 보면 어느 사이 꽃잎들은 땅에 떨어져 봄 꽃눈을 만들어놓는다. 그리고 가지엔 파란 이파리들이 솟기 시작한다. '그 꽃들이 어디로 갔나.' 나는 꽃 있던 자리를 살핀다. 그곳엔 벌써 조그만 촛대 같은 씨방들이 자리를 잡고 있다.

 짧은 봄 나는 〈목련〉이라는 한 편의 여성 영화를 본다. 매해. 그러나 해마다 느낌은 다르다. 한때는 목련이 새초롬한 채로 봉오리 상태에서 꽃은 피지 말았으면 좋겠다는 생각을 했고, 한때는 활짝 벌어진 꽃잎에 내 얼굴이 붉어지기도 했다. 그러나 이즈음 나는 자신을 훌러덩 벗어버리고 씨방을 만드는 모습에 오래 눈을 두게 된다. 싱그럽고, 우아하고, 때론 처절한, 그러나 끝내 또다시 꽃 피우는 여인의 삶을 떠올리며.

 지금도 노래를 한 곡 한 곡 부를 때마다 내 입에서 목련을 한 송이 한 송이 피워 올리는 듯하다.

햇살에 봄 들어 있다
나무들이
봄 몸살을 시작하려
겨울 가지 주변에
붉은 아우라를 씌운다
저 자비하고
무자비한 순리,
웅숭웅숭
소곤소곤
빛 속에 숨은 생명의 씨
깊이 잠든 바위를 두드린다
햇살의 깊이로
톡
톡톡!

이곳에 볕이 잘 듭니다

—

—

       시골 아틀리에에 들어와 주말을 보내
느라 직원들과 주고받는 이메일과 문자 메시지가 끊이지
않는다. 데크에 나가 보면 잔 나뭇가지들이 떨어져 있다.
산수유 씨가 굴러다니기도 하고 산수유 붉은빛이 창문에
죽 흘러 있을 때도 있다. 나는 데크의 잔가지와 산수유 열
매를 주우며 사무실로 문자와 이메일을 보내기도 한다. 아
마 나와 가장 많은 문자를 주고받는 사람들은 우리 편집부
원일 것이다. 우리는 그렇게 가열차게 일을 하다가도 주말
에는 애틋한 인사말을 나누기도 한다. "그래, 수고 많았어.

잘 쉬어." "이제 좀 쉬시겠네요. 저도 고기 먹으러 갈 거예요." 등으로.

책 동네에서 30년 넘게 살아온 나에게 건축 현장은 참으로 낯설었다. 사람은 자신의 경험치만큼 세상을 이해한다고 한다. 차를 타고 이곳저곳을 돌아다녀도 공사 현장에 오래 눈길을 주어본 적은 없었다. 그런데 어찌어찌 집 두 채를 지어보는 경험을 하게 된 후, 이제는 공사 현장만 봐도 눈길이 자꾸 머물게 된다. 작업 과정이 어디까지 진행되었나, 얼마나 더 걸릴 것인가, 이쯤에선 어떤 문제들이 발생할까를 유추해보기도 한다.

건축 공사 현장은 '기다림'의 연속이었다. 한번은 건물이 너무 올라가지 않는다고 느껴져 참고 참다 현장으로 쫓아간 적도 있다. 하지만 차가운 시멘트벽 못에 걸려 있는 인부의 겉옷이 겨울바람에 흔들리는 것을 보고는 아무 말 없이 돌아서서 나오기도 했다. 이유를 알 수는 없지만, 텅 빈 공사 현장에 드나드는 바람 소리가 현장 소장의 한숨 소리처럼 들리기도 했다.

봄

건축가와 현장 소장은 내가 알지 않아도 될 일은 굳이 이야기하지 않고 그들끼리 처리하고 넘어가는 일이 다반사였다. 얼핏 옆에서 보아도 알지 않는 편이 훨씬 건강에 좋으리란 것을 직감으로 느낄 수 있었다. 이렇듯 크고 작은 일들이 매일 벌어지는 곳이 공사 현장이었다. 때로 얼굴 한 번도 본 적 없는 일용직 노동자들이 집 짓는 일을 하러 왔다가는 인사도 없이 떠나고, 때로는 얌전한 청년들이 굵은 쇳덩이를 아기 다루듯 조심스럽게 용접해놓고는 묵묵히 그들의 집으로 돌아가기도 했다.

현장의 불합리한 일 처리를 보았을 때는 화가 머리끝까지 나서 건축가와 현장 소장에게 그 사실을 알리기도 했다. 그러면 그들은 현장 인부들에게 낮고 부드러운 목소리로 "그렇게 하시면 안 되고요, 이렇게 해주시면 안 될까요?"라고 마치 슈퍼에서 물건을 잘못 집었을 때처럼 아무 일 아니라는 듯이 대화를 건넸다. 솔직히 말하자면 나는 현장 사람들과 소통 방법을 모르고 있었던 것이다. 이렇게 집을 짓기 전까지는 그분들과 대화를 해본 적도, 가까이할 기회도 없었기 때문이다.

나는 그분들의 물성이 물컹거리는 삶 앞에서 어쩌면 주눅이 들어 있었는지도 모르겠다. 그래서 건축에 관해 공부를 시작했다. 인터넷 서핑을 하다 보니 유명 건축가들의 건물 소개와 리뷰 자료는 많이 있었다. 그런데 현장 사람들과의 소통 방법에 대한 글은 찾아보기가 힘들었다. 나는 좀 실망했다. 어떤 건축물이 기념비적으로 남았을 때, 건물이 주는 특정한 분위기는 바로 확인할 수 있지만, 그곳에 잠깐의 삶을 남기고 간 사람들에 대해서는 어떻게 기억할 것인가. 돌인지, 벽돌인지, 시멘트인지는 바로 눈으로 구별할 수 있지만, 누군가의 아버지가 한때 짐을 부려놓았던 노동의 흔적은 어디서 찾을 수 있을 것인가.

건축계의 노벨상으로 불리는 프리츠커 상을 받은 페터 춤토르는 그의 저서에서 "공사장에서 들리는 못 박는 소리, 공구 돌아가는 소리, 사람들이 두런거리는 소리에 미소를 짓는다."라고 표현했다. 그의 말 속에서는 합리와 불합리가 뒤섞이고, 사람들의 의견이 조율되고, 농담이 오가고, 하루의 노동이 거래되는 현장이 연상되기도 한다.

'집을 세 번 지어야 세상을 좀 안다.'는 세속의 말이 있다. 각자의 욕망 조절과 끊임없이 이어지는 이해와 도모, 낯선 사람들의 하루 밥벌이가 어우러져 현장은 이어진다. 집이 다 지어졌을 때 나는 아주 조그마해져 있었다. 그동안 내가 알았던 세계는 참으로 좁았다. 이 집을 스쳐간 수많은 손길과 마음에 절로 감사의 마음이 솟았다. 그것은 집이 완벽하게 지어져서 생긴 마음이 아니었다. 수많은 공정 안에서 사람들의 열정, 밥벌이의 현실, 이루고자 하는 꿈이 합쳐져야 한 채의 집이 완성되는 것을 지켜보았기 때문이다.

집을 짓는 과정에서 이것저것 공부하다 만난 반가운 책이 있다. 《아파트와 바꾼 집》(박철수·박인석 지음)이 그것이다. 이 책은 참으로 친절하게 사람의 향기를 담아내고 있다. 아파트 전문가 교수 둘이 살구나무집을 지은 이야기다. 건축 과정에서 미리 준비해야 할 것들, 설계자와 설계 단계에서 고민해야 할 것들, 집에서 펼쳐질 미래의 삶에 대한 예측에서부터, 풍부한 경험을 바탕으로 얻어낸 실용적인 여러 대안들을 체계적으로 정리해놓았다. 그중에서도 나의 눈을 가장 사로잡은 페이지가 있었다. 232페이지, 거기에서 나는 그동안 다른 건축 관련 책이나 인터넷 정보를 뒤지며 내

내 목말라 있던 감성을 발견했다.

이 책의 저자 두 분은 그들 집의 공사에 참여해 정성을 보탠 사람들의 이름을 한 명도 빼지 않고 현판에 기록했던 것이다. 건축설계 사무소 조남호 양원모 이상목 건축시공 ㈜○○ 김봉섭 서현석 직영공사 송영원 심만섭 RC공사 목조공사 전기공사 금속공사 설비공사 부대공사 임병두 박정남 김범룡 최명홍 김지환 노봉녀 김점숙 김은호 조영국, 그리고 공사 기간 내내 밥을 주문해 먹은 식당까지, 한 페이지 안에 작은 글씨로 빼곡히 정리되어 있었다. 나는 이 책의 백미는 바로 232페이지라고 생각했다. 공사의 시작과 함께 사람들 간의 욕망과 이기심을 절충해가면서, 공사의 말미에 현장을 떠난 그들과 마음의 손을 잡고 이름을 기억할 즈음 집은 완성되는 것이었다. 물질로 보이는 모든 재료들 외에 따뜻한 피가 흐르는 사람들의 손과 마음이 포개져 지어지는 것이 집이었다.

우리 집터를 닦고 기초공사를 할 때, 얌전하신 중년 남자분이 "이곳에 볕이 잘 듭니다. 동남향으로 아주 터가 좋습니다. 이곳에서 사시면 더 건강해지겠습니다." 하고 덕담을 건넸다. 겨울 공사를 한 터라 공사 현장에 계신 분들을 보면 미안한 마음을 감출 수가 없었는데, 갈 때마다 덕담을 더해주시니 나는 어찌할 바를 몰랐다. 현장 컨테이너하우스도 멀리 떨어져 있고 전기도 들어오기 전이라 그 흔한 믹스커피 한잔 대접하지 못하고, 그분과는 다시 뵐 수가 없었다. 물론 그분의 성함도 모른다. 다만, 이 집에 살면서 기도가 점점 늘고 있다. '그날 뵈었던 그분들 잘되게 해주세요. 그분들 아이들도 잘 자라고, 하는 일이 꼭 성공하게 해주세요.'

오늘도 우리 부부는 집을 찾은 분들을 길게 배웅했다. 손을 흔들며 차가 눈에서 보이지 않을 때까지 대문 앞에서 떠나는 사람들을 바라보았다. 시선 속에는 이 집을 스쳐 지나간 많은 손들과 일을 끝내고 집으로 돌아가는 많은 사람들의 뒷모습이 겹친다. 그래서 더 오래오래 손을 흔들고 있게 된다. 가난한 이들의 소박한 마음 앞에서 나는 많이 정제되었다. 그들 앞에서 나는 맥없이 무너진다. 그리고 그분들의 마음으로 다시 일어서게 된다. 참 신기하다. 자주 뵙던 분들도 아니고, 모르는 사람들이 만나 이렇게 신비한 마음을 만들어내다니. 토닥토닥 투닥투닥 우당탕쿵쾅 하는 공사 현장에서 말이다.

초가집이었다.
뒤꼍에는 원추리 동산이,
앞마당에는 수레국화가 어우러져 있었다.
우리 개 짜크는
마루 밑에 들어가 자기도 하고
꼬리를 흔들며 짖어대기도 했다.
그리고 장독대에서
늘 손을 모으고 있던 엄마,
엄마는 그 집의 안녕을
기원하는 사람이었다.

다시 페이지는 넘어간다

—

—

생초보 편집자로 시작해서 편집 주간
이 되기까지 거의 13년이 걸렸다. 처음에는 엄청난 양의
지식을 소화해내야 하고 완벽에 완벽을 기해야 하는 출판
과정이 몹시 힘들었다. 그래서 고개를 푹 숙이고 출근하는
나에게 사장님은 "아니, 왜 저러고 다녀?" 뒷소리를 하셨
다. 그제야 나는 풀이 죽어 코를 빠트리고 다니는 나를 인
식했다.

그렇게 초보 딱지를 떼는 동안 편집부의 노선생님은 교
과서를 만드시던 깐깐한 실력으로 우리들을 단련시키셨다.

마지막 오케이를 받는 건 무척이나 어려운 일이었다. 없는 애교까지 동원하여 노선생님께 한 번만 봐달라고 조르기도 했다. 노선생님의 손길이 간 원고에는 어김없이 빨간 줄이 그어져 있었다. 그때마다 선생님의 눈썰미에 감탄을 했고, 그 원고가 그냥 책으로 나왔을 장면을 생각하면 머리가 쭈 뼛 서곤 했다.

처음 편집 일을 배울 때는 손가락 교정*을 적으면 세 번, 많으면 다섯 번까지 거쳐야 했다. 그리고 새 책이 나오면 우선 페이지부터 확인했는데, 목차와 페이지를 맞춰보고 나면 한숨이 절로 나오곤 했다.

그런데도 책은 잘 팔려나가지를 않았다. 서점을 돌아보 다 우리 책을 손에 들고 있는 독자를 만나기라도 하면, 나 는 그 자리에서 떠나지 못했다. 그가 우리 책을 사는지, 안 사는지를 확인하고 싶어서였다. 그냥 그 자리에 놓고 가면 다시 한번 절망해야 했고, 사려고 챙기는 독자를 만나면 그 렇게 반가울 수가 없었다. 쫓아가서 어색함을 무릅쓰고 물

---

* 원고와 교정지를 나란히 놓고 왼손으로는 원고를, 오른손으로는 교정지를 놓고 대조하는 작업

어보았다.

"이 책 왜 사가세요?"

독자의 대답은 의외로 명쾌했다.

"재미있을 것 같아서요."

열정을 다한 책들의 기대에 못 미치는 판매량은 사람을 진 빠지게 했다. 한편으론 화가 나기도 하고, 한편으론 사장님께 죄송한 마음이 들었다. 그래서 월급날은 출판사 출입문 유리를 신문지에 물을 묻혀 빡빡 닦기도 했다. 힘이 들었지만 현관 유리문을 닦아놓고 나면 한결 마음이 가벼워졌다.

그러던 어느 날이었다. 그날도 신문지로 현관문을 닦다가 불현듯 생각 하나가 머리를 스쳤다. '그렇다. 외부에서 들어오는 원고만 가지고 책을 만들지 말고, 지금까지와는 다른 형태로 필자도 찾고 새로운 형식의 책도 만들어보자.'는 생각이었다.

문학적 성향이 농후한 나에게 이 시기에 출간한 작품들은 학비 없는 학교에 다니는 과정 같았다. 한국 대표 소설가들의 '자선대표작품집'이 그랬고, '풀어 쓴 고전 13경'이 그러했다. 작가 한 분 한 분이 텍스트였고, 책을 만들면서 그 텍스트들을 통해 나는 인생의 풍요로움과 지혜를 배웠다. 그러나 들인 정성에 비해 판매는 저조했다.

새로운 기획에 대한 생각이 스쳐간 후 나는 더 이상 유리문을 닦지 않았다. 바빠졌기 때문이다. 이때가 처음 기획을 하기 시작한 때였다. 미친 듯이 일했다. 책의 장르와 형식의 새로운 시도는 창조하는 즐거움이 컸다. 마치 책과 연애를 하는 기분이었다. 임신으로 몸이 무거워질 무렵에는 회사 아래층으로 이사까지 해가며 책을 만들었다. 그리고 결과도 좋아서 몇 권의 베스트셀러도 얻을 수 있었다.

이 정도 되면 사장님의 얼굴이 필 법도 한데 별로 그렇지도 않았다. 그 이유를 살펴보니, 한 권의 베스트셀러가 다른 책 제작비를 보태주는 형국이었다. 몇몇 편집자들이 고백했듯이 나도 서서히 지쳐가고 있었다. 나는 약속을 미루고 혼자서 휴지들이 뒹구는 식당에서 속도 없이 냉면을 밀어넣었다. 점심이라기에는 좀 늦은 시간이었다. 식초를 몇 방울 더 떨어뜨리고, 겨자도 조금 더 넣고, 냉면 육수를 한 모금 삼키니 씁쓸함이 위장 속으로 떨어졌다.

책을 좋아했던 나는 남편과도 책으로 만났다. 남편은 출판 영업에 몸담고 있던 터라, 언젠가 출판을 한번 같이 해보자는 제안을 하곤 했다. 그러나 출판은 알면 알수록 두려웠다. 그렇게 차일피일 미루며 출판사에 근무하는 사이 13년이 지난 것이다. 그리고 그때서야 내 일이 해보고 싶어졌다. 수중에는 아무것도 없었다. 막막했다.

기획 노트를 가져다 놓고 우선 출판사 이름을 지어보았다. 좋아하는 단어, 아름다운 말을 적어보다가, 지친 사람들이 어디에서 쉬는가를 생각했다. 그곳은 나무 아래였다. 그래서 우선 '나무'라고 써놓고 보니, 우리가 늘 하던 말, "나무에게 미안하지 않은 책을 만들어야지." 하는 말이 떠올랐다. 그래, 나무에다 인간의 생각을 적은 것이 책이구나 싶었고, 그 자리에서 출판사 이름은 정해졌다. 나무생각. 그리고 그날 볼펜 몇 자루를 샀던 것 같다. 이것이 나무생각의 시작이었다.

1998년 4월경이었다. 인터넷의 보급은 무섭게 확산되고, 책 시장은 빠른 속도로 위축되고 있었다. 어떤 책을 내야 할지 감이 잡히지 않을 정도로 현실은 빠르게 바뀌고 있

있다. 어찌 됐든 기존의 스타일과는 다른 형태의 책을 내자는 생각만이 머리에 가득했다. 영업 현장의 분위기를 전해주는 남편과의 출퇴근길은 그야말로 기획 회의였다. 어떤 때는 멀미가 날 때도 있었다. 하루 종일 책에 대해 생각하다 퇴근길 차에서까지 책에 대한 이야기가 이어질 때는 속이 울렁거렸다. 책과 활자가 없는 숲속으로 도망가고 싶은 생각이 들 정도였다.

지친 상태에서 회사의 모양새를 갖추어가는 기간은 그야말로 주인이 있는 사냥개에서 야생개로 변환하는 과정이었다. 남편과 나는 한 푼 두 푼 월급을 모아 마련한 아파트를 팔아 전세로 이사를 했고, 그 차액을 책 만드는 데 쏟아넣었다. 어디서 들었던 건지, 회사의 존폐 여부는 3년이 지나봐야 안다는 이야기가 그냥 속설은 아닌 듯했다.

채 3년이 지나기 전 어느 날 필자분과 점심을 먹고 있는데, 전화벨이 울렸다. 작은오빠한테서 온 전화였다. 오빠는 평소보다 자세히 안부를 묻고는 아버지가 편찮으시다는 이야기를 전했다. 그리고 얼마 지나지 않아 아버지는 세상을 떠나셨다. 처음에는 가슴에 자그만 구멍이 하나 난 것 같더니, 시간이 지나면서 모래사막에 구멍이 난 것처럼 구멍은 막을 수 없이 커져갔다. 그러면서 알 수 없는 황혼의 향기가 내 주변을 떠돌았다.

우리 아버지는 실패를 참 많이 하셨다. 직업도 많이 바꾸셨고, 그때마다 우리 식구들은 오르막과 내리막을 걸으며 같이 살아왔다. 팔십이 가까운 나이에 아버지는 지칠 만도 하신데, 혹여 아이들이 다칠까 봐 아파트 마당의 유리 조각을 줍거나, 아파트 출입구에 박을 심어 열리게 하는가 하면, 몹시 마른 몸을 날쌔게 자전거 안장에 앉히고는 장난감을 팔러 다니기도 하셨다.

사실 아버지의 급하고 불같은 성격을 우리 형제들은 모두 싫어했다. 그러나 그 많은 실패에도 불구하고 생명의 끈이 다할 때까지 좌절하지 않고 움직이시던 말년의 모습에 우리 자식들은 존경의 눈길을 보내지 않을 수 없었다. 아버지의 품위는 말년의 모습에서 그 실체를 드러냈다. 그 향기, 아마도 그 향기가 내 곁을 떠나지 않고 계속 맴돌고 있었던 것 같다.

실버 시장이란 말이 이미 나와 있었지만, 실제로 실버에 대해 깊이 생각하게 된 것은 바로 이즈음이었다. 실버 책을 만들겠다고 결심했다. 기존 출판사들과 차별화도 되고, 우선 현재 내 삶에서 가슴 뭉클거리는 것을 꺼내는 것이 가장 진실하다고 생각했다. 그러나 막상 시작을 하고 보니 시행착오의 연속이었다. 어디부터 잘못되었는지 다시 원점으로 돌아가야 했다. 실패했던 책을 분석하고, 구매 연령층을 조사하니 타깃이 불분명했다. 일반적으로 실버라고 하면 중년층일지라도 자신과는 별 상관이 없는 모습으로 인식하고 있었다. 다만 좀 더 앞서 미래를 대비하는 소수의 중장년 독자층이 있을 뿐이었다. 실버를 인생의 특정 기간으로 단정하는 한 독자의 수는 극소수였고, 책의 콘셉트도 역시 한정되었다.

여러 가지 실패 원인을 분석한 결과 삶의 커다란 전환점인 중년에서부터 노년에 대한 인식이 시작되어야 한다는 결론에 이르게 되었다. 실버 시리즈는 실버 연령층의 틀을 벗어나자 크게 확장되는 느낌이었다. 노년의 지혜를 빌려오는 방법, 중년부터 노년을 준비하는 방법, 또 노년을 대하는 부모와 자녀의 관계 등 여러 가지로 가지를 치기 시작

봄

했다.

이 시점에 발간된 《부모님 살아 계실 때 꼭 해드려야 할 45가지》는 엮은이의 이야기이면서, 나의 이야기, 편집부 직원들, 그리고 독자들 모두의 이야기가 되었다. 45가지 중에는 '가능하면 하루에 한 번 부모님께 전화 걸기'가 있었다. 눈물을 찍어내며 교정을 보던 편집부 직원은 엄마한 테 전화를 걸었다가 보기 싫은 선을 보게 되기도 했다. 나도 어버이날 그동안 전하지 못했던 사랑을 용감하게 고백했다. "엄마, 이 세상에 날 낳아줘서 정말 고맙고, 음, 아무리 생각해봐도 내가 젤 사랑하는 사람은 엄마야." 어머니는 감격하셨는지 말을 하지 못하고 "아휴!" 한숨만 내쉬셨다. 어색한 마음을 대충 마무리 지으며 전화를 끊었는데, 며칠 후 어머니께서 다시 전화를 해오셨다. "나는 이 세상에서 가장 좋은 선물을 받아서 너무 행복하다."라는 말씀이셨다.

편집부 직원들의 마음부터 움직이게 만든 이 책은 한 달 반 만에 베스트셀러에 올랐다. OECD 국가 중 노인 자살률 1위라는 불명예 기록을 가진 우리나라에 꼭 필요한 책, 그리고 개인적으로는 인정사정없이 사랑을 쏟아부어 세상에 대한 믿음을 갖게 해주신 우리 아버지께 바치는 기획의 성과물이기도 했다.

결혼과 함께 책을 사이에 두고 이인삼각을 해온 남편에게 물었다. "나는 어떤 기획자야? 훌륭한 기획자인가? (비꼬는 투로) 아니, 뭐, 내가 생각해도 그리 훌륭하진 않아. 200타석에 타율 1할대나 되나?"라는 질문에, 남편은 "꼭 잘 팔려야 좋은 책인가, 뭐. 그러나 당신의 장점이라면 아이디어를 바로 실천하는 것이지. 그건 기획자로서 아주 좋은 자질이야."라고 대답해주었다.

어느 사이 열정이 다시 살아나고 있었다. 가슴에서 물컹물컹 무엇인가가 느껴졌다. 지쳤다는 마음도 잊어버리고 나는 다시 책의 한복판에 섰다.

가난했던 날의 초상 1
무심천과 금반지

—

—

간장과 고춧가루, 다진 마늘과 후추가
뿌려지고, 채 썬 양파와 들기름, 그리고 내가 요리할 때 종
종 빼놓기도 하는 생강이 콩콩 빻아져 들어간다. 고추장 살
짝, 대파까지 송송 썰어 넣고서 엄마의 손은 조물조물 양
념들을 섞는다. 냉장고에서 꺼낸 돼지고기에는 아직 차가
운 기운이 가득한데도, 엄마는 맨손으로 그것들을 주물러
양념 맛이 배게 하고 있다. 거실 한쪽에선 세 남자가 TV를
보며 슬쩍슬쩍 부엌 쪽을 바라본다. 언제쯤 고소한 냄새를
풍기며 돼지고기가 식탁에 오를까 기다리고 있는 것이다.

엄마는 1년 남짓 서울 외출을 꺼리셨다. 체력이 급격히 줄면서 엄두가 나지 않으셨던 모양이다. 게다가 밖에서 잠시 어찔하여 넘어지면서 치아가 상하는 바람에 식사도 제대로 못 해오셨다. 최근에는 틀니 치료까지 해서 많이 힘겨워하셨다. 오랜만에 서울에 올라오신 엄마는 늙은 호박같이 속이 말라 있는 것처럼 보였다. 엄마의 웃음은 노랗고 따스했지만 왠지 허전했다. 그런데도 손자와 사위가 좋아하는 주물럭 요리는 꼭 해주고 싶어 하셨다. 그래서 장을 보아다 드렸더니 어디서 기운이 나셨는지, 양념 하나도 빼놓지 않고 정성 들여 요리를 하셨다. 엄마는 요리를 할 때는 잠시 모든 걸 잊었다. 늙었다는 것도, 힘이 없다는 것도 잊고 요리에 몰두했다.

상추까지 곁들여진 푸짐한 저녁 식사는 엄마를 행복하게 하기에 모자람이 없었다. 세 남자의 젓가락질이 빨라지면, 가끔씩 그 광경을 쳐다보며 엄마와 나는 웃음을 나누었다. 나는 엄마와 아버지 사이에도 이렇게 행복했던 시절이 있었으리라 생각하며, 아버지에 대한 이야기를 물었다.

몇 년 전에 돌아가신 아버지가 그립기도 했고, 두 분의 애틋했고 달콤했을 것 같은 신혼 이야기가 듣고 싶어서였다. 그런데 내 예상은 엄마의 첫 대답에서부터 비켜나가기 시작했다. 아차! 오래전에도 잠깐 들은 적은 있었지만, 잊고 있었던 이야기였다.

엄마의 결혼은 낭만이나 애틋한 사랑의 감정과는 거리가 먼 것이었다. 정신대 징용 영장이 나온다는 소문이 떠돌 즈음, 급히 정해진 신랑이 아버지였다. 엄마의 집안에서는 정신대에 보내느니 빨리 시집을 보내는 것이 낫다는 판단에 결혼을 서둘렀던 것이다.

저녁 식사가 끝난 후에도 이야기는 계속되었다. 일제 치하에서 결혼을 하고 한국전쟁을 치르며 오 남매를 낳아 기른 엄마는 몹시 지쳐 있었다. 아버지는 머리가 총명하셨는데, 전쟁 후 이것저것을 해보다가 정미소를 차려 사료를 개발하셨다. 그러나 정미소의 기계는 고장 날 때가 많았고, 돼지를 직접 기르며 사료를 개발하던 아버지도 조금씩 힘이 빠져가고 있었다.

그러던 어느 날 엄마가 무심천 냇가에서 빨래를 하는데, 빨래판처럼 넓적한 돌이 햇빛에 반사되어 반짝였다. 엄마의 눈에는 그것이 금덩이로 보였다고 한다. 엄마는 다른 사람들에게 돌을 들킬까 봐 그 자리를 떠나지 못하고, 돌 위에 물을 끼얹으며 반짝거림을 감추고 저녁까지 있다가 집으로 돌아왔다고 했다. 그러고는 녹초가 되어 있는 아버지를 깨워 "저기 무심천 냇가에 금덩이가 있으니 지금 좀 가지러 가자."고 졸랐단다. 무슨 엉뚱한 소리냐고 아버지는 엄마를 말렸지만, 너무 간절하게 조르는 바람에 할 수 없이 엄마를 따라 무심천으로 나갔단다. 그러고는 돌을 자루에 넣어 이리 비틀 저리 비틀 집으로 가지고 돌아왔단다.

그런데 엄마는 이 금덩이를 그냥 이대로 두면 누군가 가져갈지도 모르니까, 여러 개로 쪼개달라고 했다. 한밤중에 탕! 탕! 돌 쪼는 소리가 울려 퍼지고, 엄마는 그 돌 조각을 구석구석에 숨겼다. 그때 엄마의 걱정은 오직 한 가지였을 것이다. 우리 아이들을 굶기면 어떡하나! 사업은 자꾸 실패하는데 아이들은 쑥쑥 커가고, 엄마의 걱정은 태산같이 쌓여갔던 것이다.

이야기가 심각해지자 아이들은 슬금슬금 제 방으로 들어가고, 숙연하게 듣던 남편도 어느새 잠자리에 들었다. 그

봄

리고 엄마는 말을 이었다. "니 아버지가 얼마나 속이 상했겠니? 사업은 계속 실패하지, 마누라는 돌덩이를 금이라고 지고 오라는 것도 모자라 쪼개달라고 했으니, 그 밤중에 니 아버지가 돌을 쪼는 심정이 어땠겠니? 그런데 그때는 그 돌이 정말 금으로 보이더라."

식탁에는 엄마와 나만의 시간이 주어졌다. 엄마도 불쌍하고 아버지도 불쌍해서 뭐라 말할 수 없는 감정이 가슴 언저리를 훑고 있을 때였다. 엄마가 가방에서 부스럭부스럭 무엇인가를 꺼내 가지고 오셨다. 돌돌 말린 휴지 안에선 실로 동동 매어진 휴지가 나왔다. 실을 푸니 또 휴지가 나오고 휴지를 푸니 또 실이 감긴 휴지가 나왔다. 휴지와 실을 번갈아 풀어내니 거기 금반지가 있었다. 엄마는 금반지를 나에게 건넸다. "엄마 금 좋다며. 엄마 가져." 나는 금반지를 도로 엄마에게 밀며 말했다. "그때는 너희 먹이려 그랬지. 지금 내가 무슨 금이 필요하니? 니들 살림도 빠듯한데 내 틀니까지 하느라 애쓴다. 이거 보태라." 하셨다.

큰오빠는 박봉의 공무원 생활을 하면서도 엄마를 잘 모시고, 작은오빠들은 엄마의 용돈을 꼬박꼬박 부쳐주고, 나는 그저 생각날 때 가끔 용돈이나 드리고 있던 형편이라, 이번 엄마의 틀니는 내가 해드리겠다고 했던 것이다. 엄마는 그것이 고맙고 한편 부담이 되셨는지, 언젠가 생신날 해드린 금반지를 싸가지고 오신 것이었다. 나는 엄마의 금반지를 가만히 쳐다보다가 손가락에 껴보았다. 그리고 "그래, 엄마, 이거 내가 가질게." 하며 순순히 받았다.

불과 몇 년 전만 해도 엄마와 만나면 서로 돈을 주겠다고 싸우다가 결국 상한 마음으로 헤어지고는 했다. 그때마다 '그냥 내 돈 좀 받아가면 내 맘이 편하잖아.' 하며 나는 엄마를 원망하기도 했다. 엄마를 잘 안다고 생각했는데도, 결국은 부딪치고 헤어질 때는 마음이 좋질 않았다. 그런데 세월이 흐르면서 몇 칸쯤 채워지지 않아 미완성이었던 퍼즐이 한 조각씩 맞춰지며, 엄마의 마음을 조금 더 알게 되었다. 내가 엄마에게 이렇게 주고 싶은데, 엄마는 나에게 얼마나 주고 싶었을까, 그 마음이 이해되었다.

엄마를 한 인간으로 이해하는 데는 꽤 오랜 시간이 걸렸다. 엄마는 일제 강점기와 육이오 전쟁 속에 아이 다섯을 낳아 기르셨다.

봄

같이 갑시다

—

—

이사를 하려고 짐을 정리하다 보니 아이들 어릴 적 사진이 불쑥불쑥 튀어나온다. 그때마다 바삐 움직이던 손을 멈추고 사진 속 풍경을 바라보다, 스르륵 세월을 거슬러 그 시절로 돌아가 보곤 한다.

지금은 20대 후반인 큰아이, 초등학교에 입학할 무렵에는 키가 너무 작아 신발주머니가 바닥에 끌릴 듯했다. 그런 아이의 학교생활을 조마조마하게 지켜보고 있는데 첫 소풍이 다가왔다. 공교롭게도 그즈음 집안의 여러 일이 겹쳐 회사에서 자리를 자주 비운 까닭에, 아이 소풍 때문에 또 회사를 비워야겠다는 말을 차마 꺼내지 못하고 있었다. 아이의 김밥 도시락만 챙겨 아이를 데리고 학교 앞까지 갔다. 담임선생님을 찾아뵙고 소풍에 따라가지 못하니 아이를 잘 부탁한다는 말씀을 드리려는 것이었다. 학교 운동장에는 첫 소풍에 들뜬 아이들과 아이들만큼이나 들뜬 초보 학부모들이 모여 있었다. 카메라에 캠코더까지 가져온 부모들도 있었다. 나는 아이의 모자를 어루만져 씌워주면서 미안한 마음을 애써 감췄다.

　담임선생님은 연세가 있으시고 연륜이 높아 보이는 여선생님이셨다. 나는 선생님께 아이의 소풍에 따라가지 못하는 이유를 말씀드렸다. 그리고 어서 첫 소풍에 들떠 있는 그곳의 분위기를 벗어나려 했다. 그런데 선생님은 나를 지그시 바라보시며 "같이 갑시다." 한 마디를 하셨다. 나는 무슨 말씀이냐는 듯이 "제가 회사에 들어가 보아야 합니다. 회사에 미안해서 더 자리를 비우지는 못하겠습니다." 했다. 그런데도 선생님은 "그냥, 오늘 하루 같이 갑시다." 하며 주장을 굽히지 않으셨다. 그러다 슬며시 내 손을 잡아 자기 쪽으로 끌어다 놓는 것이었다. 내가 또 "저는 도시락도 안

싸왔어요. 아이 거만 싸왔습니다." 하고 빠지려 하면, "그냥 내 옆에 있으면 됩니다. 내 옆에 있으면 엄마들이 도시락을 가져와요." 응수하시는 것이었다. 그때쯤 내 마음은 '아! 나도 아이의 소풍을 따라갈 수 있을까?' 하는 정도로 바뀌었고, 다시 학교 운동장의 달뜬 분위기를 이곳저곳 기웃거리고 있었다.

차가 도착을 하고 모두들 차에 타자, 선생님은 "자, 탑시다." 하며 다시 나를 이끄셨다. 나는 얼떨결에 회사 출근복을 입고 아이 소풍 차에 올라탔다. 선생님은 옆자리를 가리키며 앉으라고 하셨다. 소풍에 어울리지 않는 옷을 입고 할 수 없이 선생님 옆자리에 앉아 소풍을 가야 했다. 차가 안정된 궤도에 들어서자 선생님은 가방 속에서 약을 한 알 꺼내 드셨다. "무슨 약이에요?" 묻자 "혈압약입니다." 하는 대답이 돌아왔다.

말씀대로 선생님 옆에 앉아 있으니 엄마들이 너도나도 김밥을 가져왔다. 서로 예쁘게 말려고 경쟁이라도 한 듯, 다양한 김밥이 내 앞에 놓였다. 나는 김밥을 먹다가 아들 아이 친구 엄마에게 "나 이렇게 소풍을 와도 되는 거예요?"

하고 물었다. 그녀는 "어머, 나 같으면 이렇게 소풍 못 와요. 호호호…" 하며 나를 이상한 사람 대하듯 대답했다. 하긴 나도 내가 이상해서 물어본 것이긴 했다.

소풍을 마치고 돌아오는 차 안에서 선생님은 피곤하신지 조금 졸았다. 그리고 학교 운동장에 내리자, 아침에 그렇게 집요하게 나를 잡아끌던 선생님은 무덤한 듯 또 무심하게 인사를 나누고 사라지셨다. 지금 나의 기억에는 그 선생님의 성함도 전화번호도 없다. 이렇게 아주 짧은 영상만이 남아 있을 뿐이다.

그날 찍은 사진 속 아이의 표정은 더없이 맑고 행복했다. 아이의 소풍을 위해 미리 사놓았던 모자도 한껏 빛이 났고, 나는 아이 주변에서 미안한 듯 웃으며 서 있었다. 그때는 몰랐었다. 이 한 장의 사진이, 그때가 아니면 영영 가질 수 없는 추억이었다는 것을. 아이는 정말 빨리 자랐고, 나는 정신없이 뛰어다녔으며, 그때가 아니면 누릴 수 없는 많은 장면들을 그대로 스쳐 지나왔다. 어느 날 문득 정신을 차려 보니 아이는 훌쩍 커 있었고, 나는 그때의 선생님 나이 언저리에 닿아 있었다. 일하는 엄마로 살면서 못 미쳤던 손을 요즘 내밀어보니, 아이는 그런 손길을 영 성가셔 한다. 그럴 때면 아이의 지난 시간을 어루만질 수 있게 아이가 며칠만 다시 작아졌으면 싶기도 하다.

아마 그때 그 선생님께서도 학교 아이들 챙기시느라, 정작 자신의 아이들 소풍에는 못 따라갔을지도 모를 일이다. 그러니 복잡한 얼굴을 하고 있던 나를 부드럽지만 강력한 말씀으로 이끌 수 있었던 거다. 이제야 그런 생각을 하게 되다니, 눈을 떴다 한들 나는 장님이었다. 세월이 흐를수록 그날의 상황과 함께 나이에 대해, 나이 먹은 자의 역할에 대해 자꾸 생각하게 된다. 그리고 그 생각은 나처럼 귀먹고 눈먼 후배들을 참아주고 살짝 끌어주는 것 정도로 정리가 된다. 내 선생님들이 그러하셨듯이, 내 선배님들이 그러하셨듯이. 때론 집요하게 때론 무심하게.

당신에게

우리가 잊고 있는 것들

—

—

　　　　　기다란 소파 위에 얇은 속옷을 입고, 팔을 위로 올린 채 가만히 눈을 감고 있는 여인. 깊은 산속 야외 온천에 옷 한 오라기 걸치지 않은 남자가 숲 사이로 떨어지는 가느다란 폭포수를 나무 의자에 걸터앉아 한가롭게 바라보고 있는 모습. 우거진 숲 옆 풀밭 길로 이제 갓 두 돌이나 됐을 아기가 맨몸으로 걸어가는 풍경.

　《완벽함으로부터의 자유The Art of Imperfection》,《아무것도 하지 않을 자유The Art of Doing Nothing》두 권의 책을 원서로 받았을 때 나는 사진에서 시선을 뗄 수가 없었다. 책의 내용을 검토하기 전에 사진 속으로 빠져들고 있었다.

명상을 위해 조용히 내려진 커튼, 정갈하게 정리된 방석, 아름다운 정원에 비어 있는 의자, 길게 누워 늘어지게 하품을 하는 개, 빛 밝은 곳에서 고르게 숨만 쉬고 있는 고양이, 바닷가에서 바람을 느끼는 여인.

그저 사진을 바라보는 것만으로도 휴식이 느껴지는 책이었다. 이 책들은 조용히 묻고 있었다. "당신은 지쳐버린 느낌이 드는가?" 불현듯 너무 많은 것을 잃고 살아왔다는 생각이 들었다. '내 얼굴을 가만히 들여다본 게 언제였던가?' '모두 잊고 해안가 바람이 피부를 스치는 느낌을 즐겨보았던 게 언제였던가?' '음, 몸을 잊은 게 언제지?'

"우리는 일을 너무 많이 하고, 삶은 너무 적게 누려왔다. 하고 있는 일을 잠시 멈추고, 조급한 마음과 지친 가슴을 위한 베로니크 비엔느의 매력적인 처방 《아무것도 하지 않을 자유》를 읽어보라." 새라 반 브레스나흐(《단순한 풍요》의 저자)는 책을 읽은 느낌을 이렇게 전해왔다.

매력적인 문장들은 일에 눌려 있는 나의 세포들을 두드렸다. "운동화를 신어보라." "약간의 상상력만 있으면 당신은 소로의 발자취를 따라 유유히 거니는 삶을 살 수 있다."
"깨달음이란 내가 평범한 사람이라는 사실이 편안하게 느껴지는 상태를 다르게 표현한 것이다." "우주에는 빈 공간이 많다. 그리고 그런 빈 공간을 통해 우주가 모습을 드러낸다." 나도 모르게 깊은 숨이 한 번 내쉬어졌다.

그리고 하나 더. 책에는 나 자신을 용서하게 한 아름다운 단어와 구절, 문장들이 곳곳에 숨어 있었다.

"실수" "수줍음" "자기답게 보이기" "올바른 생활로부터의 자유" "무능함" "어리석음" "부와 명성으로부터의 자유" "일단 당신 자신과 화해하라. 그리고 기억하라. 가장 완벽한 순간은 대개 가장 불완전한 시간에 만들어진다." "완벽할 필요 없다."

우리는 우리가 지구를 위해 정원사 역할을 하고 있다는 사실을 알고 살아왔을까? 우리는 숨을 내쉬면서 이산화탄소를 대기 중으로 내보낸다. 이산화탄소는 식물의 성장을 촉진하며, 지구 복사에너지가 우주로 되돌아가는 것을 막아줌으로써 지구를 생명체들이 살기에 적당한 온도로 유지해준다. 그래서 우리가 숨만 쉬어도 지구의 사막화를 막아주고 있는 것이다.

이 책을 만들면서 집으로 돌아온 어느 날, 그날은 아무도 집에 없었다. 투명한 유리그릇에 물을 가득 담고, 보랏빛 아로마 향 꽃잎 촛불을 띄웠다. 욕조에는 따끈한 물이 차오르고 라디오에서는 아름다운 피아노 선율이 퍼져 흘렀다. 나는 일하지 않은 채 존재하고 있었다.

내일은 무슨 일이 있어도 떠나리라. 밤 기차를 타고 달려 내려가 새벽녘 지리산 자락에 다다르리라. 서서히 밝아오는 여명과 함께 모습을 드러내는 조팝나무 연둣빛 싹들을 만나리라. 온 산천이 연둣빛으로 빛나는 곳에서 오월로 샤워를 하리라. 찌들고 묵은 욕심, 반복되는 일상을 피톤치드 비누로 씻어내리라. 돌아오는 길, 나의 발자국마다 연둣빛 봄이 고이게 하리라.

여름

—

이제 와
새삼

—

연꽃 피시었다
저 뿌리께 복잡한 사정을 모르는 바 아니나
꽃 피는 소리 고요하다
꽃 보는 마음도 고요하면 좋으련만
피고 지는 일,
뿌리 내리고 걸러내는 일,
외롭고 고단했을 일 생각하다
한순간 연꽃과 얼굴이 마주쳤다
연꽃이 시침 떼고 말갛게 웃는다
나도 모르는 척 같이 웃었다

스스로 그러한 것들

—

—

　　　　　수령이 10년 가까이 된 굴참나무의 이
파리는 몇 개나 될까? 가지를 늘어뜨리며 봄을 그렇게 빛
내주던 벚꽃은 나무 한 그루에 몇 송이쯤 달려 있을까? 족
히 몇천, 몇만 개의 이파리와 꽃이 피어 있을 것이다. 그 많
은 이파리와 꽃송이에게 골고루 수분과 영양분을 공급하고
있는 나무를 보고 있노라면 서 있는 성자라는 표현이 절로
떠오른다.
　지금은 수많은 나뭇잎이 큰 창을 연둣빛으로 물들이고
있지만, 시골집에서 처음 맞는 겨울은 무자비했다. 자연,

즉 '스스로 그러하다' 속에 이런 무자비함이 숨어 있다니. 겨울이 시작될 무렵 우리는 시골집의 널찍널찍한 창 모양 대로 뽁뽁이를 재단하고, 초벌 도배하듯 물 스프레이를 뿌려 붙이며 방한 장치를 했다. 맑게 밖을 비추던 창이 뿌연 빛을 띠자 마음도 뿌옇게 가라앉는 듯했다. 장작을 패서 벽 한쪽에 쌓아놓고, 평상시보다 좀 더 일찍 시골집에 내려가 보일러를 돌렸다. 그럼에도 시골에서 자는 첫날은 뼛속을 파고드는 한밤의 추위를 면할 길이 없었다. 그래서 다시 극세사 이불을 사고, 온풍기도 사들이면서 독감 주사를 맞아야 하나 고민했다.

어느 건축가는 입학하는 학생들에게 "너희는 여름에는 무척 덥고 겨울에는 매섭게 추운, 사계절이 뚜렷한 혹독한 건축 환경에서 앞으로 건축을 하게 될 것이다."라고 서두를 뗀다고 한다.

초겨울의 무모한 추위가 몇 차례 지나가자 남편은 어느 정도 시골 환경에 적응되어 가기 시작한 모양이었다. 그러자 남편은 수시로 보일러의 온도를 내리고, 나는 "보일러 온도 올렸어요?"를 연신 확인했다. '아니, 이렇게 떨고 있

여름

을 거면 뭐 하러 시골에 오냐고! 다시 서울 아파트로 올라가고 싶네.' 소리 내어 말하지는 못했지만, 농담처럼 "당신 의붓남편 같아요." 하며 보일러 온도를 내리는 남편을 원망하기도 했다.

시골에서 처음 맞는 겨울이니 남편도 나름 긴장한 듯했다. 장작을 패서 옮기는 비용도 들고, 프로판가스는 하룻저녁을 돌리고 나면 바로 한 통을 갈아주어야 했다. 연료비가 서울집, 시골집에서 이중으로 들어가고 있으니 남편이 보일러 온도에 예민해진 것도 어느 정도 이해는 갔다.

굴참나무 숲속에 있던 시골집에서는 겨우내 굴참나무 낙엽과 함께했다. 난로를 피우다가 장작에 불붙는 것이 시원치 않을 때, 굴참나무 잎을 넣어주면 주황색 불이 얼굴을 화끈하게 만들 정도로 순간 살아 올랐다. 그렇게 많은 낙엽을 땠음에도 불구하고 우리 집 근처에는 굴참나무 잎들이 수북이 쌓여 있었다.

봄이 올 즈음 햇살이 주황빛으로 사방을 녹이자, 방 안의 답답한 공기도 환기할 겸 안방 창을 열었다. 안방 언덕 저쪽 굴참나무 숲에서 뭔가 바스락거리는 소리가 났다. 처음에는 새들이 앉았다 날아가는 소리인가 했다. 그런데 새라고 하기에는 그 소리가 너무 컸다. 궁금한 마음에 밖으로 나가 그쪽을 기웃거려 보았다. 예의 그 소리는 아까보다 더 크게 들렸다. 무서운 마음을 눌러두고 계속 소리 나는 쪽을 살펴보니 고라니의 모습이 눈에 들어왔다. 어미를 따라서 아기 고라니도 먹이를 찾는 듯 따라 내려오고 있었다. 바스락바스락 굴참나무 잎 밟는 소리를 들으며 나는 조용히 방으로 들어왔다. 그리고 가급적 소리가 나지 않게 안방 창문을 닫았다.

그들과 나는 서로 낯선 존재, 그들은 그들의 길이 있고 나는 나의 길이 있으니, 서로 부딪지 않고 이 시골에서 사는 법을 터득해야 했다. 이곳은 내가 집을 짓기 전까지 그들이 살던 곳이었다. 새끼 고라니를 데리고 먹을 것을 찾으러 지천으로 뛰어다니던 곳.

지난여름, 이웃의 초대로 차를 마시며 이야기를 꽃피우다 늦은 시간까지 앉아 있게 되었다. 가로등도 없는 산길을 헉헉거리고 걸어 올라와 대문에 손전등을 비춘 우리 부부는 소스라치게 놀랐다. 검은빛을 띤 뱀 두 마리가 대문 아

여름

래서 꿈틀거리고 있었던 것이다. 우리는 마음을 진정시키며 옆문으로 피해 집 안으로 들어갔다. 그 후 여름 내내 혹시 뱀들이 집 안으로 들어올까 봐 방충망 치는 일을 잊지 않았다. 아직은 서로 많이 낯선 존재들이 갑자기 맞닥뜨려 서로를 놀라게 하거나 해치지 않도록 피해주는 지혜가 필요했다.

시골 생활을 하면서 문득문득 만나게 되는 이 자연스러움(?)에 몸이 움츠러들곤 한다. 그런 자연, 스스로 그러한 것들 앞에서 그저 나도 그러한 듯 견디며 지나가야 한다. 벽 틈을 파고드는 바늘귀 황소바람 앞에서도, 새끼를 데리고 먹이를 찾는 고라니 앞에서도, 무슨 업인지 온몸을 땅에 대고 구불구불 기며 살아야 하는 뱀 앞에서도.

아직은 그들과 우리 사이에 어떤 관계가 형성되어야 하는지에 대한 논리를 마련하지 못했다. 그러나 선조들의 이야기와 경험으로 미루어 모두 존재의 이유가 분명히 있기에, 그들은 그곳에 있고, 나는 이곳에 있다. 내가 잠든 시간에도 굴참나무 도토리는 종자를 떨어뜨리고, 내가 번민에 싸인 시간에도 바람은 나무를 흔들어 깨운다.

어느 날 서울의 큰 호두나무 아래 카페에서 필자분과 소소한 일상 이야기를 나누다, 나는 "도시나 시골이나 무자비하기는 마찬가지예요." 하는 말을 쑥 내뱉고 말았다. 필자분은 내 얼굴을 한번 쳐다보더니 알겠다는 듯 고개를 끄덕였다. 내가 무슨 마음으로 이런 표현을 했는지 잘 모르겠다. 시골에서 버거운 생명들을 불쑥불쑥 맞이해야 하는 상황, 도시에서 턱턱 숨 막히는 시멘트벽을 밀고 들어가 먹이를 찾아야 하는 상황의 마음을 그렇게 표현했을 것이다.

시골집 마당 비탈에 쌓인 굴참나무 낙엽을 갈퀴로 걷어내다 낙엽의 보호 속에 자라던 자그마한 남보랏빛 각시붓꽃을 만났다. 낡은 갈색 낙엽 아래 숨어 있던 남보랏빛 각시붓꽃은 눈부시게 아름다웠다. 나뭇잎과 각시붓꽃이 미리 계약을 하고 서로를 지켜주었을 리 만무하다. 그들은 스스로 그러한 것이다. 스스로 그러한 각시붓꽃 앞에서 나는 갈퀴질을 멈추고 그 아름다움에 또 몸을 움츠렸다.

버겁도록 아름다운 것들이 마구 피어나는 계절이다. 멀리서 바라보는 산에서는, 연두가 성숙하여 초록으로 살이 오르고 꽃들이 삐죽삐죽 고개를 내민다. 묵묵히 겨울 묵상

여름

에 들었던 나무들도 가지 끝마다 푸른 잎을 달고 바람의 지휘에 합창을 한다.

저 생명이 자비한 것인지, 무자비한 것인지 나는 모르겠다. 30년 가까이 책을 만들며 확립했던 개념들이 스스로 그러한 자연 앞에서 무너지고 있다. 단어의 정의로만 볼 때는 자비와 무자비는 서로 반대 개념으로 다른 쪽에 서 있어야 하나, 요즘 나에게는 그들이 연결되어 있는 하나의 고리로 보인다. 고리에 고리에 고리를 연결하면 나도 그곳에 연결될 것이고, 인간도 자연의 극히 작은 일부라는 사실이 자명해질 것이다.

도대체 벗어날 길 없는 내 시야, 내 몸, 내 각도에서 볼 뿐, 내가 주인공은 아니다. 우리는 각자 주인공이면서 스스로 그러한 모두에게 조연으로 살아가고 있다. 누군가는 굴참나무로, 누군가는 고라니로, 누군가는 굴참나무 잎의 보호를 받고 피어난 남보랏빛 각시붓꽃으로.

스스로 그러한 자연 앞에서 나는 자비와 무자비가 비빔밥이 된 여름을 맞게 될 것이다. 내가 알고 있는 사전적 정의가 무너지는 것이 한편으로 혼돈스러우면서, 한편으로는 그렇게 통쾌할 수가 없다. 무엇인가 그동안 나를 누르고 있던 금형 프레스 같은 것이, 가벼이 날리는 아카시아 향기에 실려 사뿐히 사라진 기분이다.

당선 소감

—

—

　　　　　　　　양평 조그마한 마을 아담한 빈집을 월
세로 얻었다. 그 집은 인가에서 100미터 정도 떨어진 산언
덕에 덩그마니 놓여 있었다. 다른 때 같으면 무섭다고 했을
터인데, 그 집을 계약하던 날엔 왠지 그런 무서움이 없었다.
　　그동안 봄이면 꽃 피고, 여름이면 무성하고, 가을이면 물
들고, 겨울이면 고요하던 풍경을 바라보았다면, 이제는 그
들과 '섞이고' 있었다. 비뚜름한 마당에 쑥이 쏘옥 고개를
내밀면, 나는 그것들을 지켜보며 사랑스러워하기도 하다가
무심코 밟기도 했다. 분명 '섞여' 있었다.

그곳에서 내가 하는 일은 아주 제한되어 있다. 양면으로 난 커다란 창밖을 무심히 바라보는 일. 창밖에선 하늘도, 나무도, 이름 모르는 풀들도 살랑살랑 바람을 탔다. 새가 날아들기도 하고, 푸득 날갯짓 한 번에 시야를 벗어나기도 했다. 밤이면 아무도 없는 산속에서 쇼팽의 녹턴을 듣고 또 들었다. 어두운 밤 밖에서 들려오는 낯선 소리에 신경 쓰지 않으려 피아노 소리에 귀를 세웠다.

이렇게 낮과 밤이 흐르던 어느 날, 나는 깜짝 놀랐다. 아버지의 젊은 시절 어느 날을 그대로 흉내 내고 있었던 것이다. 아버지는 같이 사업하던 친구에게 사기를 당하고는, 어느 날 무주 구천동 심심산골로 들어가 집을 짓고 잠농蠶農을 시작했다.

아버지는 유난히 정이 많은 분이셨다. 그 시기에 아버지는 사람들에 대한 사랑을 지키기 위해 마음의 어느 지점 끝까지 가셨던 것 같다. 그 자리에서 아버지는 처절한 외로움과 마주 앉아 산은 산 자리에, 나무는 나무 자리에, 풀은 풀 자리에서 조화롭게 섞이는 자연의 법어를 듣고 계셨던 것 같다.

여름

양평에 산방을 얻으려 이리저리 헤매던 시기, 나 역시 '나'와 '남'이 잘 구별되지 않는 청춘의 시기를 거치며 만신 창이가 되어 있었다. 그곳에서 나는 하늘을 바라보다가 고 개를 끄덕끄덕, 또 나무를 바라보다가도 고개를 끄덕였다. 돌아가신 지 10년도 넘은 아버지를 이제야 섞여 이해하고 있었다. 아버지는 나에게 한 편의 긴 에세이, 그 이야기를 나는 양평에서 읽었다.

양평에서 그렇게 섞여 살던 어느 주말 밤이었다. 잠자리 에 누우려다 말고 일어나 창을 열었다. 창밖에는 부드러운 달빛이 쏟아지고 있었고, 공기는 말할 수 없이 상큼했다. 창밖으로 손을 내밀어 손바닥 가득 달빛을 받았다. 부드럽 고 유순한 달빛이 손을 넘어 가슴에 담기나 싶더니 머릿속 으로 들어와 모든 개념을 소리 없이 무너뜨려 놓았다. 무너 져 내린 그곳은 넓고 평화로웠다.

에세이를 사랑했다. 아버지를 사랑하고, 사람들을 사랑 할 수 있었다. 사랑. 나에겐 에세이와 아버지와 사람에 대 한 사랑과 자연의 이치가 늘 혼돈되고 합치되고 같이 무너 진다. 섞여 있다.

올해는 수국 한 무더기를 너에게 선물로 주겠다
올해는 목단 세 촉을 선물로 주겠다
올해는 황매를 선물로 주겠다
올해는…
올해는…
올해는…

남편의 눈에는 내가
철없이
꽃을 무더기로 사 나르는 여자로 보였을지도 모르겠다

이제 와 새삼

—

—

　　　　　서울과 양평을 오간 것이 어언 3년 가
까이 되었다. 이 기간 동안 몸과 마음의 기운을 모아 시골
집에 오롯이 정성을 쏟았다. 마치 서울과 양평 길만 있는
듯 그 동선을 반복하였다. 그래서 화판만 바라보며 붓질을
하던 손을 멈추고 고개 들어 먼 숲을 바라보듯 나들이 길에
나섰다.

　내게는 구룡령 깊은 계곡 산방에서 돌을 쪼고 있는 벗이
있다. 이 벗은 사람들에게 웅숭깊은 산속 생활을 간간이 보
여주며 야생화의 이름, 유래 등에 대해 소개를 하고 있었

다. 가만히 보니 내가 아는 식물의 이름은 초라할 정도로 너무 적었다. 그래서 구룡령 벗이 소개하는 식물도감 같은 이야기를 열심히 들여다보았다.

벗은 요즘 전국 어디든 지천에 피어 있는 개망초 꽃을 '여름눈꽃'이라 이름 붙이고 잡초 정원을 가꾸고 있다. 여름눈꽃이란 이름을 입속에 오물거리며 바라보는 개망초 무더기는 한여름 더위를 씻어주는 빙수 조각들이 원으로 빙 둘러앉은 모습이다.

언젠가 그가 올려주는 글 속에서 철근과 철근 사이를 철사로 연결해 묶어주는 공구 사진이 눈에 쏙 들어온 적이 있다. 독일제 공구인데 공구 자체가 주물로 만든 작품 같은 느낌이 들었다. 나는 갑자기 그 공구가 갖고 싶었다. 실제로 사용할 일은 별로 없을 것 같았지만, 집 안 어딘가에 걸어두면 좋을 듯싶었다. 그날 벗들 사이에선 공구에 대한 여러 가지 이야기가 펼쳐졌는데, 유독 나만 여자였다. 한참 이야기를 나누다가 나는 좀 머쓱해졌다. 나는 왜 공구에 열광하지? 남자들이나 좋아할 법한 공구에 말이다.

그러고 보니 처녀 시절 나는 오빠들의 티셔츠나 아버지의 낡은 점퍼를 잘 걸치고 다녔다. 그 옷들이 주는 해방감과 편안함, 그리고 유니크함이 나를 끌었던 것 같다. 어머니와 언니는 그런 옷을 입고 다니는 나에게 창피하지도 않느냐며 못마땅해했다. 어머니는 오빠들의 속옷을 폭폭 삶아서 빨고, 흰색이 햇살에 빛나도록 말린 다음, 빨래를 갤 때는 손으로 주름진 곳을 싹싹 문질러 손 다리미질을 했다. 언니도 자신의 투피스를 깨끗이 빨아 다림질을 싹 해서 옷걸이에 걸고, 그 위에 보자기를 씌워 먼지가 앉지 않도록 했다. 이 두 여성에 비하면 나는 매우 보이시하고 덜렁거리고 거칠었다. 그러니 그녀들의 잔소리는 언제나 내 뒤를 따라다녔고, 그럼에도 불구하고 나는 오빠와 아버지의 행동을 따라 했다.

아버지가 집 안 곳곳을 손볼 때면 나는 공구를 들고 아버지 뒤를 따라다녔다. 아버지가 흙손으로 깨져나간 담 모퉁이를 섬세하게 매만지는 모습을 보기도 했고, 전기 콘센트를 만질 때면 옆에서 지키고 있다가 다음 차례에 필요한 공구를 건네주기도 했다. 공구를 들고 있다가 작업이 길어지면 나의 머리는 딴생각으로 가득 차기 일쑤여서, 제때에 공구를 챙기지 못해 혼이 나기도 했다.

그러나 이런 작업들은 대부분 재미있었다. 트랜지스터라디오가 고장 났을 때 직접 드라이버를 가지고 라디오를 분해해보기도 했다. 이것저것 연결 고리를 툭툭 건드려도 보고, 이곳저곳 나사를 풀었다가 다시 조이다 보면 사라졌던 소리가 돌아오기도 했다. 나는 그날 트랜지스터라디오 안에 있는 부품들과 회로가 신기해 하루 종일 그것들을 바라보며 놀았다.

초록이 마음껏 팔을 뻗은 산과 들을 달리며 내가 자란 옛집의 풍경을 떠올려보는 일은 흥미롭다. 그중 어느 장면들은 나를 이해하는 훌륭한 단초가 되기도 한다. 나는 요즘 나를 알아가는 시간에 많은 비중을 두고 있다. '나'와 '나' 사이가 좋아야 행복할 수 있다는 느낌이 들었기 때문이다. 우리는 흔히 주변에 의해 많은 지배를 받고 사는 것 같지만, 주변을 받아들이는 스스로의 프리즘에 더 많은 영향을 받는 듯하다. 그러니 문제는 나 자신이고, 나를 알기 위해

여름

서는 자라온 환경을 살피는 것이 우선일 것이다.

　구룡령 산방에 도착하였을 때, 예상대로 벗은 돌 쪼는 작
업을 하고 있었다. 그리고 그의 작업장 안에는 많은 공구들
이 가지런히 진열되어 있었다. 나의 예상대로라면 나는 공
구에 매달려 하나하나 용도를 물어보고 신기해하며, 그 속
에서 오랜 시간을 보내야 했다. 그런데 나는 공구들을 한번
훑어보고는, 벗이 사는 산방과 그가 만든 작품들에 눈길을
두기 시작했다.
　벗이 아침에 일어나 바라보는 앞산 백두대간 능선과 작
업실까지의 동선, 강아지도 피해 다닌다는 하얀 데이지 꽃
밭, 한여름 땡볕을 피하기 좋은 작고 서늘한 계곡, 해 질 녘
에 한 번씩 살펴봄직한 야생화 꽃밭들을 돌아보았다. 그리
고 집 입구에 활짝 피어 있는 산목련 한 송이를 따들고 내
실로 들어섰다.
　산목련을 커다란 다기에 넣고 끓인 물 열기가 한소끔 나
가기를 기다려 산목련 차를 우려냈다. 그리고 나는 그간 궁
금했던 질문 하나를 꺼냈다.

"저는 왜 돌을 좋아할까요? 제 머리가 돌이라서 그런 걸까요?"

백두대간을 품에 안고 있는 산방에 야생화 꽃 같은 작은 웃음이 번졌다. 돌은 기껏 백 년 남짓을 사는 인간에 비해 훨씬 오래 살았고, 더 긴 시간을 견딘 표징이었다. 비와 바람, 시간과 낮밤이 축적된 에너지를 안고 있었다. 고요하고 응축된 힘이었다. 산목련 차를 한 모금 넘기면서 정으로 돌을 치는 울림을 상상했다. 백두대간 산속에 쩡하고 울려 퍼질 돌과 철의 부딪침. 그 소리.

이런저런 이야기를 나누다 일어날 시간이 되었는데, 아까부터 나의 눈길을 끄는 작품이 있었다. 계단 옆 데크 위에 놓인 돌조각은 살짝 형태를 입힌 달마 같기도 했고, 마리아 같기도 했다. 그 표정이 정확히 읽히지는 않았지만, 온화함과 따뜻함이 넘쳐흘렀다. 결국 그 작품은 뽁뽁이에 싸이고 두툼한 박스에 한 번 더 싸여 우리 집으로 들어왔다. 돌을 쪼는 벗은 그 작품의 옆 부분을 가리키며, "여기 새가 똥을 떨어뜨렸으니 가져가서 좀 씻어주세요." 하였다. 나는 고개를 끄덕이며 산방을 떠나왔다.

여름

오랜만의 외출이 피곤하였는지 작품이 든 박스를 거실 한쪽에 모셔놓고는 그다음 주가 되어서야 작품을 풀었다. 그리고 벗의 말대로 수돗가로 데려가 가늘고 부드러운 천을 물에 적셔 새똥을 닦기 시작했다. 얼마나 내려놓고 내려놓아야 이 달마같이 온화한 마음을 가질 수 있을까? 얼마나 썩고, 남몰래 울어야 마리아처럼 순종할 수 있을까? 벗은 얼마나 많은 마음을 이 돌조각과 함께 내려놓았을까? 돌조각을 닦던 마음이 울컥했다.

선머슴처럼 떠돌던 마음이 이제 와 새삼 여성의 자리에서 움찔했다. 냉장고를 차곡차곡 정리하는 여성에게, 한 끼 밥을 위해 정성을 다하는 살림 선배에게, 자신 몫의 슬픔은 이미 정기예금에 맡겨버린 예쁜 후배 여성들에게 느끼던 선망의 마음은 이런 여성성이었을까? 우주, 땅, 밭, 돌, 이들이 가진 여성성이 경이롭게 다가왔다. 아우르고 독려하고 참고 키우고.

이제는 내 자신으로 돌아가려고, '나'를 찾아보겠다고 나선 길에 오지랖이 더 넓어져버렸다. 여성이지만 다시 더 큰 여성을 선망하는 마음. 늘 가까이에 있었던 오빠나 아버지의 흉내를 내며 살아왔지만, 내 속에서 여성이 다시 노크를 하고 있었다.

녹색의 에너지가 하늘을 향해 거칠 것 없이 뻗어가고, 대지가 곪고 썩는 여름 한복판이다. 이 싱싱하고 푹푹 썩는 무더운 여름이 유난히 여성스럽게 느껴지는 것은 왜일까? 이제 와 새삼.

엄마의 수묵화

—

—

        내 기억 속 엄마는 늘 아픈 표정을 하고 계신다. 간신히 무엇인가를 참아내는 표정이어서 나는 투정을 부리거나 떼쓸 생각을 별로 해보지 못했다. 엄마는 아버지가 돌아가신 후 몇 년을 황망해하시며 시간을 보내셨다. 엄마는 가끔 "이다음 세상에서는 노래하는 사람으로 태어나련다."라며, 지난 시절의 팍팍했던 삶을 소극적이고 섬세한 당신의 성정 탓으로 돌리기도 하셨다.

    떠올리면 아슴푸레하다. 아버지는 어느 날 심심산골 무주 구천동으로 들어가버리셨다. 사람이 사는 마을까지 내

려가려면 막막한 산길을 한참 걸어 내려가야만 하는 곳이
었다. 엄마는 어린 나를 데리고 가끔 아버지를 찾으셨는데,
아침에 청주에서 출발하면 저녁이 다 되어서야 그 집에 다
다를 수 있었다. 그곳 마당 앞 조그만 연못에서 나는 배가
빨간 개구리와 놀았다. 두 분이 식사를 하시다 "고추밭에
가서 고추 몇 개 따와라." 하면 종종 발걸음을 옮기기도 했
다. 그리고 애써 따온 고추를 상 위에 올려놓으면 두 분은
박장대소를 하셨다. 밥상에는 내가 먹기에 적당한, 여물지
도 않은 애기고추가 놓여 있었던 것이다.

그렇게 이삼 일이 지나면 다시 청주로 돌아가기 위해 아
침 일찍 구천동 산방을 나서야 했다. 한참을 걸어 마을로
내려온 엄마와 나는 버스를 기다리고 있었다. 그런데 기다
리고 기다려도 하루 몇 번 오가지 않는 버스는 나타나질 않
았다. 오후 해가 좀 더 고개를 길게 빼자 엄마는 내 손을 잡
고 다시 아버지 산방으로 걸음을 재촉했다. 빗속에 산길을
힘겹게 오르다 보니 해는 서서히 지고 저만치에 아버지 모
습이 보였다. "아버지!" 하고 부르며 달려가자 아버지는 나
를 와락 끌어안더니 흑흑 소리 죽여 흐느끼셨다.

그렇게 든든하던 아버지가 울자 나는 어찌할 바를 모르고 뒤에 있던 엄마를 바라보았다. 엄마는 저 먼 산에 엷게 내려온 수묵 빛 어둠과 함께 고요하였다. 오 남매의 끼니와 학비를 해결하기 위해 부딪혀야 했던 괴로움 앞에서도, 심심산골에서 세상과 사람에 대한 원망을 삭이고 있는 남편 앞에서도 엄마는 먼 산 침묵처럼 서 있었다.

아버지가 돌아가시고 엄마가 오빠 집으로 들어가기 위해 그동안의 살림을 정리할 때였다. 친정집 된장을 유난히 좋아하는 나에게 엄마는 간장 한 병과 된장 한 통을 보내셨다. 이 간장과 된장이 엄마 살림의 마지막을 알리는 편지 같아 가슴 한쪽이 싸했다.

나는 안다. 전화기 너머로 들리는 엄마의 숨찬 목소리, 신음 같은 기침 소리, 그리고 차츰 기피하시는 서울 나들이…. 엄마의 근력이 현저히 줄고 있다. 그래서 생각이 날 때마다 전화기를 자꾸 누르게 된다. 밥 먹다가 불쑥, 차를 타고 가다가도 불쑥, 전화를 하면 엄마의 목소리가 높아진다. 노인정 어른들에게 다 들리게 큰 목소리로 받는다. '내 자식한테 전화 왔소.' 하는 톤이다.

사는 일이
바람 몇 줌, 햇빛 몇 스푼, 라벤더 향 한 꼬집

8월이 물고기처럼 숲속을 헤엄쳐 간다

외갓집 향기는 왜 이렇게 달큰할까?

—

—

　　　　　　달큰한 참외, 달큰한 우물, 달큰한 집, 달큰한 외삼촌…

지난주 화요일 10월 15일에 외삼촌이 돌아가셨다. 더는 아프시지 않을 거라고 위로했지만, 며칠 지나 가슴이 뻥 뚫려버렸다.

외삼촌과 붕어찜

외삼촌은 평소 즐겨 쓰는 모자를 쓰셨고, 외숙모도 단단히 외출 차비를 하셨다. 두 분을 차에 모시고 우리는 가평 붕어찜 집을 향해 달렸다. 붕어찜은 외삼촌 추억의 음식인데, 제대로 하는 집이 없다고 말씀하셨다. 경동시장도 지나고, 한약에 대해 별 신뢰가 없으신 외삼촌과 한약도 먹어보고 싶다는 외숙모의 오래된 논쟁도 흐르고, 북한강, 남한강이 만난다는 두물머리 근처 어느 붕어찜 집에 다다랐다.

한쪽을 지팡이에 의지해야 하는 외삼촌은 조그만 경사의 문턱도 버거워하셨다. 오빠와 올케언니, 그리고 나는 이리저리 보살펴 드린다고는 했으나, 의자가 없는 붕어찜 집의 자리는 불편했다. 임시로 마련한 조그만 의자에 의지해 외삼촌은 붕어찜을 드셨다. 우거지에 붕어 맛이 배어들기를 기다리며 우리의 눈은 외삼촌의 수저에 가 있었다. 그런데 외삼촌은 외려 우리를 걱정하시며 붕어는 가시가 꽤 거세니 꼭 천천히 먹고 잘 가려내라 하셨다. 뭔지 모를 쓸쓸함과 평화로움이 식탁 위로 내려앉았다.

"너희 회사 직원들이 몇 명이냐? 일전에 보니 모두 착실하고 선해 보여, 내가 밥을 한번 사주고 싶구나." 말씀을 하실 때는 고개를 푹 숙이고 말았다. 울컥, 달달한 울음이 올라왔다. 어린 시절 내가 뛰놀던 모충동의 친숙한 향기 같은 것이었다. 그 어떤 응원보다 강력하였다.

외삼촌은 동네 의원을 경영하셨는데, 의사로서의 투철한 사명감을 갖고 계셨다. 그런데 80이 훌쩍 넘어 병원 문을 닫으면서 병을 얻으셨다. 평생 진료실을 지키셔야 했던 외삼촌의 소원은 훌훌 여행 다니시는 거였다. 모처럼 조카들과 외유에 나선 외삼촌은 즐거워하셨으나 바깥나들이가 힘겨워 보였다.

서울로 돌아오는 길에 외삼촌은 말씀하셨다.

"너희가 밥을 두 번이나 샀으니, 내가 11월에 밥을 한번 살게. 가격에 상관없이 저거 한번 먹어봤으면 좋겠다 싶은 거 있으면 말해라. 내가 사줄게."

"외삼촌! 돈을 아껴 써야지."

나는 외삼촌의 평소 말투를 흉내 냈으나 가슴은 싸하게 아파왔다.

11월 식사 약속을 정하려 오빠와 통화를 하다 외삼촌이 최근에 더 나빠지셔서 집 안에서도 지팡이를 짚으신다는 이야기를 전해 들었다. 우리는 어쩌지, 걱정을 하다가 망원

시장에서 만두도 사고 찐빵도 사서 외삼촌 댁에 가서 먹자
고 했다. 가슴에 안티푸라민을 발라주는 진정한 의사, 우리
들의 영웅이 그곳에 계시니까.

게리 쿠퍼 외삼촌

　지난밤 엷은 잠에서 여러 번 부채를 찾았다. 여러 번 잠
이 깬 것은 무더위 때문만은 아니었다. 조카들의 영웅, 개
리 쿠퍼를 닮은 우리 외삼촌 문병을 다녀온 후유증일 거다.
　외삼촌을 돌보고 있는 사촌 여동생을 웃겨주기 위해 하
리보 젤리를 몇 개 가방에 넣고, 안암 고대병원에 도착했
다. 생사의 기로에서 부모님과 시간을 보내고 있는 사촌 여
동생은 멍한 모습으로 한숨을 돌리고 있었다. 사촌들의 방
문이 줄을 잇고, 미국에 살고 있는 아들도 귀국을 했다. 병
실로 들어서 눈이 마주치자 외삼촌은 나를 가만히 바라보
시더니 입술 모양으로 "이뻐." 하고 말씀하셨다. 눈물이 울
컥 올라왔다. 외삼촌은 많이 부어 있었고, 전신의 마비가
서서히 풀려가고 있는 중이었다. 순간 청주 모충동에서 외

할머니의 부은 다리를 손가락으로 꾹꾹 누르던 어린 시절이 떠올랐다. 나는 얼른 시트로 외삼촌 다리를 덮었다.

내가 초등학교 다닐 때였을 것이다. 엄마가 많이 아파서 서울에 있는 외삼촌 병원에 치료를 받으러 올라가신 일이 있다. 그때의 상황을 두고 엄마는 여러 차례 나에게 말씀하셨다.

"외삼촌이 병원에서 레지던트 할 때였으니 무슨 돈이 있었겠니? 그런데도 그 바쁜 와중에 엄마를 꼭 챙겨보고 치료비도 내고 그랬다."

형제 중에도 성격이 비슷한 남매가 있다. 엄마와 외삼촌이 그랬다. 인정 많고, 깔끔하고, 말이 많지 않고, 속 깊고, 고집 센!

바나나와 샤인머스캣

하루 일교차가 15도씩 벌어지는 이번 가을 단풍은 화려하고 명징했다. 가을비가 내리려는지 창밖이 어두운 오전, 한 송이 샤인머스캣 포도를 씻어 비닐봉지에 곱게 담았다.

그 순간 하나의 풍경이 어렴풋이 떠올랐다.

모충동 툇마루 지나 안방에 외할머니가 누워 계시고 주변엔 외삼촌과 엄마, 사촌들이 둘러앉아 있다. 서울 막내 외삼촌이 노란 바나나를 할머니 입에 넣어드리고, 숨죽이며 기다리던 어린 조카들에게도 한 조각씩 나눠주셨다. 달콤하고 향긋한 신세계의 맛은 놀라웠다. 외할머니가 편찮으시면 바나나를 먹어볼 수 있겠구나, 철없는 기대등식을 만들어내기도 했다.

어린 시절 바나나를 사오시던 막내 외삼촌이 청담요양병원으로 자리를 옮기셨다. 찾아봬야지 생각하면서도 동동거리던 일상에서 이제야 짬을 냈다. 하필 가을비가 내리고 있었다. 손에는 우산, 미처 마시지 못한 커피, 그리고 샤인머스캣이 들려 있었다.

병원에 도착해 요양 돌봄을 도와주시는 분과 외숙모, 같이 간 작은오빠와 내가 침대를 두고 둘러앉았다. 조카들이 반가웠을 텐데, 외삼촌의 눈은 자꾸 감겼다. 많이 마르고 기력이 없어 보였다. 샤인머스캣 포도를 드실 수 있을까 확신이 서지 않았다.

여름

"바쁜데 왜 왔어? 어서 가!" "여기 있으면 감기 옮아. 어서 가!"

나를 슬프게 하는 외삼촌의 말을 들으며 "외삼촌! 포도 하나 드셔보실래요? 드실 수 있으세요?"라고 말했다. 외삼촌은 눈을 감은 채 고개를 끄덕이셨다. 나는 얼른 포도 한 알을 따 외삼촌 입에 넣어드렸다. 다행히 한 알을 드셨다. 신선하고 상큼한 샤인머스캣 포도 향이 외삼촌 입맛에 닿았을까?

모충동의 노랗고 향긋한 바나나와 병원 안의 싱그럽고 산뜻한 포도송이가 겹쳤다. 아픔과 죽음, 바나나와 철없는 아이, 살아가는 일과 지켜보는 일들이 둥그런 방 안에 모두 모여 있었다. 내 인생의 저쪽에 노란 바나나가, 이쪽에 연둣빛 포도가 있다.

돈과 콩

70이 넘은 조카와 내후년이면 60이 되는 조카는 우선 점심을 든든히 먹었다. 병원에 계신 외삼촌께 연말 인사 겸 문병을 가기 위해서였다. 입원 생활이 6개월이 넘었고, 이제 다리는 쓰시지 못하게 되었다. 때로 문병이 맥 빠지고 다리를 꺾게 했으므로 우리는 우선 배를 든든히 했다. 그것이 오로지 문병의 어려움 때문만은 아니라는 것을 오빠와 나는 알고 있었다. 엄마의 혈육 중 유일하게 생존해 계셨던 막내 외삼촌은 조카들과도 유난히 친하게 지내오셨다.

외삼촌의 정신은 거의 정상으로 회복된 상태였다. 하지만 다리는 쓰지 못하고 24시간 간병인의 케어를 받아야 했다. 간병인이 비켜준 외삼촌 침대 주변에 우리는 둘러앉았다. 외삼촌은 지난 6개월을 거의 정확하게 기억하고 계셨다.

"인간이 오래 사는 게 좋은 게 아니야. 죽을까 생각도 했다. 나는 의사니 다른 사람보다는 보다 쉽게 약을 구할 수도 있다. 그러나 인간은 외로운 존재다. 부부 중 한 사람이 떠나면 남은 한 사람은 너무 외롭다. 그리고 누구의 아버지가 혹은 남편이 자살로 삶을 마감했다는 소리는 참 듣기 힘든 소리다. … 어떤 사람들은 인생에 돈이 참 중요하다고 한다. 돈은 먹고살 정도만 있으면 된다. … '안녕하세요?'

'어떻게 지내셔요?' 정도의 인사나 나누는 사이는 아무 소용이 없다. 만나면 '야, 오늘 밥은 니가 사. 옛날에 니가 나한테 이렇게 했잖아!' 하며 쓸데없는 소리 나눌 정도가 되어야 그 밥이 맛있는 거다. … 나이가 들수록 다리 운동, 걷는 운동을 꼭 해야 한다. 그래야 몸을 움직일 수 있다. … 너무 애쓰지는 말아라. 그래도 노력은 해야지. 나는 중학교 때 학업을 중단했다. 그 후 혼자 계속 공부해서 의대를 나오고 보건대학원을 나오고 박사 학위도 땄다. 나는 행복한 사람이다. … 모든 생명은 간다. 저 식물도 한때 화려한 꽃을 피우고 나면 사그라든다…"

외삼촌은 힘을 다해 조카들을 향해 이 이야기를 하셨다. 나는 목을 축일 물통을 외삼촌께 쥐여드렸다. 그리고 붓고 무력해진 외삼촌의 다리를 주물렀다.

"외삼촌! 외삼촌 어렸을 때 콩이 없으면 밥을 안 먹었다면서요?"

"응, 그랬지."

"외삼촌이 하도 떼를 부려서 누나들이 콩을 나무꼬치 끝에 끼워서 불에 그슬러 밥 위에 놓아주기도 했다던데요."

"하하! 응, 그랬지. 너희 엄마가 나중에도 나를 놀렸어. 생콩도 먹는다고. 하도 땡깡 부려서 할 수 없이 생콩도 올려놨다고. 하하!"

외삼촌이 웃으셨다. 치료 시간이 다가왔다. 어설프게 미안하게 또 서로 작별인사를 나눴다.

한 해가 며칠 남지 않았다. 외삼촌과 함께한 이 시간이 어떤 경전을 읽은 시간보다 진실하고 담백하고 쓸쓸했다.

한 며칠 마음과 싸웠다

적은 외부 사람이 아니라
나라는 것.

나이 들면 늙으면 되고
쳐들어오면 싸우면 되고

생각하니
마음이 조금 편해졌다

여름 저녁 산에
찌를 듯 무성함이 가득했다

유리창을 사이에 두고

—

—

　　창의 정면 쪽에 죽어가는 나무 두 그루를 베어냈다. 지난해부터 몸살을 앓는가 싶더니 점점 말라 급기야 앙상한 모습으로 변해버린 두 그루 밤나무. 이웃들은 차를 마시거나 식사를 하러 올 때마다 저 나무를 왜 베어내지 않느냐고 물었다. 나는 딱히 대답할 말이 없었다. 내 마음 안에는 저 나무들이 공사 때문에 치인 상처를 잘 이겨내고 살아냈으면 하는 바람과, 밤나무가 저 정도 자라려면 10여 년은 넘는 세월을 견뎠어야 했을 텐데 하는 안타까움이 자리 잡고 있었다. 또한 공사에 지쳐 무엇에 손을 대는 게 귀찮기도 했다. 결국 베어낼 나무를 유리창을 통해 바라보다가 1년 정도를 흘려보냈던 것이다.

유리창 밖 조그만 텃밭이나 잔디에 풀을 뽑으러 나갈 때 준비해야 할 것이 많다. 우선 긴바지에 긴팔 윗도리를 입고, 목에 수건도 하나 두르고, 고무장갑에 모자, 장화까지 착용해야 한다. 시도 때도 없이 달려드는 곤충들과 언제 지나갈지 모르는 뱀 등을 미리 막아야 하고, 태양 볕에 흥건히 흘러내리는 땀에도 대비해야 하는 것이다. 이렇게 차리고도 유리창 밖으로 나온 지 얼마 되지 않아, 잡초들을 미처 다 뽑지도 못하고서 유리창 안으로 들어올 때가 많다. 그러고는 밖의 일을 한 시간에 비해 부끄러울 정도로 오래 샤워를 하고 옷을 갈아입는다. 스스로 생각해봐도 웃음이 나올 정도다.

이런 때 나는 스스로에게 질문을 한다. '너는 정말 시골을 좋아하니? 네가 정말 시골을 알기나 하는 거니?' 이런 시간들이 지나가다 보니, 시골에서 이른 새벽부터 논밭을 가꾸며 소출을 거두어내는 분들이 존경스러워졌다. 그분들에게 유리창 안의 시골은 존재하지 않는다. 담백하게 자연과 육탄전을 벌이는 삶만 있는 것이다.

　그러나 나에게는 시골이 우선 '쉼'의 장소가 되어야 했다. 나흘간 도시 생활의 빽빽한 밀도에서 벗어나 모든 것들이 공존하는 자연의 헐렁한 공간에서 맥 놓고 충전할 시간이 필요했다. 그래서 도시 역시 사람들과 에너지의 밀도가 높을 뿐, 모두가 헐렁하게 공존해야 하는 공간이라는 사실을 다시 마음속에 찾아 돌아가야 했던 것이다. 그런데 언제부터인가 유리창이 눈에 들어오기 시작했다. 정확히 말하면 유리창 하나를 두고 다른 삶을 살고 있는 사람들이 눈에 들어왔던 것이다. 그것은 곧 세상을 대하는 내 마음의 차이였다. 순간적인 착시로 나는 유리창 밖에 살고 있다고 여겼으나, 나는 유리창 안에 있었다는 사실을 시골집은 알게 해주었다. 포슬포슬한 햇감자는 좋아하나 딱딱한 땅을 뒤집고 씨감자를 심는 일은 힘들어하고, 부모님을 사랑하나 전화하는 것은 쑥스럽고, 남편을 사랑하나 요리는 하지 않고, 수재민을 불쌍히 여기긴 하나 헌옷을 정리하여 보내는 일은 하지 않는 것과 같았다.

　이런 삶은 실제처럼 보이나 환상이나 착시에 불과한 것

이다. 이런 모든 일은 허약함의 근원을 이룬다. 이런 유리창 현상은 나와 세상 사이에서, 그리고 사람들과의 관계에서도 자주 일어났다.

자신의 허약함을 보는 일은 그리 기쁘지는 않지만 감사한 일이다. 요즘 나의 생활은 도시에서 도망치듯 시골에 왔다가, 시골의 땡볕에 지치고 힘들 즈음 다시 서울의 안전한 시멘트 블록 안으로 숨어드는 패턴을 갖게 되었다. 그나마 위안이 되는 것이 있다면, 그간 고마웠던 분들을 한 팀씩 초대해 소박한 요리를 대접하고, 자연 속에서 눈을 맞추며 마음을 나눈다는 사실이다. 주말에 손님을 치르고 나면 몸은 좀 무겁지만, 마음은 씻은 듯 정갈해지기도 한다.

가끔은 도시에서 나흘 살고 시골에서 사흘 사는 우리를 바라보는 주위 사람들의 시선이나 반응이 신경 쓰이기도 했다. 우리 입장에서는 바쁘고 정신없던 시절 미안하고 고마웠던 마음을 담아 초대를 하지만, 혹시 그분들께는 그것이 자랑하는 모습으로 보일까 걱정이 되었던 것이다.

어느 날 이웃집에 축성을 해주러 오신 분들이, 우리 집에도 들르게 되어 갑자기 손님을 맞은 적이 있었다. 외방선교

회를 후원하는 분들이었다. 처음 뵙는 그분들은 우리 집을 바라보며 마음껏 축하의 인사를 보내셨다. 그런데 축성이 끝나고 매실차를 한 잔씩 앞에 놓고 이런저런 이야기를 나누던 중, 연륜이 있어 보이는 남자 형제님 한 분이 질문을 하셨다.

"오십 대 중반이면 아직 한창 일할 나이인데, 어떻게 전원에 들어오실 생각을 하셨습니까?"

지레짐작하지 않고 직접 질문을 해줘서일까, 우리는 다른 사람들의 시선 때문에 생긴 마음의 무게가 가벼워짐을 느꼈다. 남편이 조용히 입을 열었다.

"저희는 다른 사람들보다 좀 일찍 일을 시작했습니다. 그러다 보니 더 빨리 지친 것 같고…, 저희가 출판사를 하는데, 조용한 전원에서 저자를 초대해 대화도 나누고 집필도 하려고 들어오게 되었습니다."

남편과 나는 누구보다 열심히 일했고, 절약했다. 그리고 어느 날 늘 꿈꾸던 우리의 이상을 현실로 감행한 것뿐이었다. 그런데 왜 주변 사람들의 시선이나 반응에 신경을 쓰게 되고, 초대를 주춤하게 되었는지 잘 모르겠다.

오십이 될 때까지 세상과 대화를 하였으니, 이제 나의 길을 찾아 스스로와 대화할 때가 되었다고 여겼다. 그러면서 타인을 대할 때의 사고방식도 다시 한번 점검하게 되었다. 어떤 현상에 대한 내 감정은 사실이 아닐 수도 있다. 단순히 유리창 안에서 본 창밖 풍경일 수도 있다. 그래서 스스로의 감정을 믿는 것보다 먼저 해야 할 것이 질문이다. 질문은 무턱대고 만들어지는 감정을 넘어 그 사람의 속사연을 듣게 한다. 질문은 유리창을 열고 밖으로 나가 실물과 만나게 한다.

이전까지 한 번도 만난 적이 없는 분의 한 마디 질문이 나와 남편의 마음을 가볍게 풀어놓았다. 사람 관계에서 상대에 대해 안다고 생각하는 것은 큰 착각이다. 그것은 선입관의 기초가 되고 대화의 장벽으로 작용한다. 유리창 안에서 보는 창밖 풍경이 될 가능성이 높다.

사람과 장맛은 오래될수록 좋다는 말이 있지만, 이 말 역시 넉넉히 풀어놓아야 한다. 사람에게 매이거나 집착할 때, 그 관계는 그리 건강하지 않게 변할 수 있기 때문이다. 내 아들을 옆집 아들이려니 생각하고, 내 집을 옆집 것이려니 생각지 않으면, 평온은 바로 끝이 난다.

차 한 잔을 들고 길가에 어떤 야생화들이 피나 천천히 살펴며 걷다 보면, 처음 만나게 되는 꽃들이 웃으며 나에게 말을 건넨다.

"안녕? 유리창 밖으로 나왔구나. 나는 이곳에 살고 있어. 어떻게 이렇게 시골 산골까지 들어오게 되었니?"

프리랜서

—

—

마감일을 몇 번을 미뤘는데도 기다리는 원고와 그림은 들어오지 않고, 전화 통화도 되지 않아 당황스러울 때가 있다. 모든 상품이 그렇듯이, 책도 시기에 맞춘 출간이 아니면 빛을 발하지 못하는 경우가 흔하다. 계속 전화를 붙잡고 실랑이를 벌이다 겨우 통화가 되면, "지금 여기 홍도인데요, 일이 있어서….."라든가, "아참! 마감일이었죠. 깜빡 잊었어요." 등의 대책 없는 답이 들려온다.

얼마 전 시와 그림이 있는 책을 만들었다. 신문을 보다시 위쪽에 배치된 그림을 보고는 곧장 디자이너와 함께 화랑으로 달려갔다. 우리가 만들려는 시집의 분위기에 딱 맞는 그림이었기 때문이다. 싱싱한 무에, 무청이 녹색의 나무처럼 무성하고, 그 사이를 한 여인이 거닐고 있는 그림이었다. 그림의 배경에는 파란 하늘과 둥실 떠 있는 흰 구름, 더없이 시詩적이었다.

화랑에서 만난 화가는 얼굴에 웃음을 지은 채, 아래위층으로 다니며 책에 넣을 그림을 고르느라 눈을 반짝이는 우리를 넉넉한 마음으로 바라보고 있었다. 그리고 명함을 건네면서 우리의 뜻을 전하자 흔쾌히 승낙을 했다. 그 후 우리는 이런저런 자료들을 요구했고 작업은 순조롭게 진행되었다.

책이 나오고 감사의 인사도 전할 겸 화가의 작은 오피스텔을 찾았는데, 걸음을 옮길 때마다 한 방씩 얻어맞는 듯했다. 작업실 안으로 들어서자 화가는 본인이 쓰는 책상 앞의 의자에 앉기를 권했다. 커피를 한 잔 마시며 자연히 올려다

본 벽에 "나는 1104호의 수인囚人이다."라는 문구가 적혀
있었다. 그리고 오른쪽으로 고개를 돌리자, 화투의 똥 그
림 밑에 "똥은 모이면 오물이 되고 뿌리면 거름이 된다."는
문장도 보였다. 푸하하 웃으며 그 문장들에 말없는 공감을
하며 화장실로 향했다. 화장실 변기에 앉아 정면을 응시하
니, 그곳엔 "○○○ 씨, 아직은 일할 때입니다."라고 적혀 있
었다.

손을 씻으면서 그가 설컹이는 마음과 알 수 없는 허허로
움, 그리고 들썩이는 엉덩이와 얼마나 치열한 싸움을 하는
지 느낄 수 있었다. 그의 심정을 알 것 같았지만, 이런 문구
들에 대해 질문을 하지 않을 수 없었다.

"나는 적지 않은 나이에 지방에서 서울로 진출했습니다.
우리 아버님은 내 그림이 실린 신문을 10장쯤 사다가 논두
렁에 펼쳐놓고, 지나가는 사람들을 불러 앉혀 막걸리를 드
십니다. 내 그림을 흘낏흘낏 쳐다보면서요."

그러고 보니 화가가 그린 아버지와 관련된 그림에는, 술 한잔 드셨을 것 같은 불그레한 코와 마음 좋은 웃음이 표현된 얼굴이 많았다.

누가 강제하지 않는 프리랜서의 삶, 그러나 스스로를 강제해야만 살아남는 '가차 없는 자율성'에 다시 한번 고개를 끄덕였다.

욕심은 제 모습이 부끄러운 줄 알아 변장술에 능하니
한밤 깜깜한 어둠 속에
나직이 불러 차 한잔 할 일이다

가난했던 날의 초상 2
촉촉한 건빵

——

——

　　응봉동 깊숙한 골목 어느 방에 세 사람이 자리하고 있다. 병약해 보이는 엄마는 아랫목에 누워 있고, 처진 어깨를 둥글게 만 아버지는 벽에 기대앉아 있다. 나는 앉은뱅이책상 앞에 눈에 들어오지도 않는 교과서를 펴놓고, 암울한 갈색 분위기의 공간에 삼각형의 균형을 맞추려는 듯 간신히 앉아 있다.

　　머릿속 생각은 단칸방의 갑갑함에서 벗어나, 전에 살던 청주 모충동 동네를 뛰어다니고 있다. 아버지의 사업이 실패하기 전까지만 해도 우리는 알콩달콩 다투기도 하고, 왁

자지껄 웃음도 넘치는 가족이었다. 사랑방에는 친지 한두 명이 기숙했고, 아랫목에는 언제 방문할지 모르는 친척을 위한 밥 한 그릇이 누비이불에 곱게 싸여 있었다.

무심천 냇물에서는 맑은 모래무지가 꼬리를 치고 다니다 살짝 발끝을 건드리고는 모래 속으로 숨었다. 여름날 밤 마루에 앉아 수박 한 덩이를 쪼개면 수박은 오 남매의 입 속으로 눈 깜짝할 사이에 없어졌다. 이런 장면을 몇 번 보신 아버지는 어느 날, 커다란 고무 함지에 수박 다섯 통을 싣고 오셨다. 그러고는 우리 형제 앞에 한 통씩 놓아주시며 실컷 먹어보라고 했다. 우리는 이게 웬 떡인가 싶어 수박을 먹기 시작했다. 그러나 즐거움도 잠시, 물배가 차오르자 먹는 속도를 더 이상 내지 못하고, 서로의 얼굴을 바라보며 맛없게 수박을 입에 넣었다.

그날 아버지가 왜 수박을 다섯 덩이나 사서 우리 앞에 놓아주셨는지 모르겠다. 아이들에게 실컷 먹어보게 하신 것인지, 한 덩이 수박에 달라붙어 같이 먹는 즐거움을 알게 하려고 그러신 건지. 다만, 그렇게 예쁘게 빛나던 초록색 수박이 각자 한 덩이씩 차고 앉았을 때는 전처럼 빛나지 않는다는 사실을 알았다. 넘치는 풍성함에는 빛남이 줄어들었다.

무거운 분위기의 응봉동 단칸방에서 나의 마음이 떠나온 고향 모충동 시절을 맴돌고 있을 때였다. 밖에서 문이 열리더니 반가운 목소리가 들려왔다. 군 복무 중인 작은오빠가 휴가를 온 것이다. 우리는 작은오빠를 '짜니'라고 불렀다. 나는 총알처럼 튕겨나가 작은오빠 품에 폴짝 안겼다. 오빠와 나는 열한 살 차이였다.

방으로 들어오자 오빠는 품속에서 건빵을 꺼내며 "이거 우리 순이 주려고 가져왔지." 했다. 미제 건빵이었다. 건빵을 뜯자 안에는 색색의 별사탕도 들어 있었다. 암울했던 단칸방이 별사탕으로 빛나는 듯했다. 나는 건빵과 별사탕을 오독오독 맛있게 씹어 먹었다. 엄마는 돼지고기라도 한 근 끊어와 오빠에게 먹여야 하는데 하는 걱정을 했다. 그러고는 어떻게 마련했는지는 모르겠지만, 김이 모락모락 나는 돼지고기 김치찌개가 밥상에 올라왔다. 밥상 앞에서 오빠는 좀 미안해하는 표정을 하고 있었다.

아버지의 사업 실패 이후 우리는 고향 청주를 떠나 서울에서 치열한 삶을 시작했다. 그런데 한껏 예민한 사춘기를 암울하게 보낸 나는 무기력했다. 작은오빠도 제대를 하고 닥치는 대로 일을 해서 집안을 도와야 했다. 오빠는 식사 값도 아끼려 밥도 안 먹고 늦게 들어와 "순이야, 밥 좀 줄래?" 했다. 나는 잠이 막 오려는 시간에 밥을 달라는 오빠가 성가셔서 입을 내밀고 밥을 차렸다. 작은오빠는 모든 행동이 좀 느리다. 그래서 밥도 천천히 먹었다. 나는 그런 오빠가 좀 미웠다. 자꾸 잠은 오는데 오빠의 밥이 줄어들지 않았기 때문이다. 그런 나에게 오빠는 "순이야, 공부해라. 오빠가 무슨 수를 써서라도 학비 대줄게." 하였다. 무기력하게 돌파구를 찾지 못하는 여동생이 안쓰러웠을 것이다. 나는 취업과 공부를 병행했다. 그리고 오빠와 함께 열심히 집안을 도왔다.

그런데 어느 순간부터인가 오빠가 장가를 가서 오빠 살림을 살았으면 좋겠다는 생각을 했다. 조금은 자란 것이 분명했다. 그리고 나의 바람대로 오빠는 결혼을 했고 어여쁜 조카가 태어났다. 소리 내어 말하지는 않았지만, 오빠가 집안일에 신경 쓰지 말고 본인의 살림을 일으키는 데에 전념

했으면 좋겠다는 생각을 했다. 엄마, 아버지는 언니와 내가 버는 돈으로 살 수 있었다.

그러던 나도 시집을 가게 되었고, 굴곡진 삶은 계속 이어졌다. 그런데 힘들고 중요한 순간에 오빠가 늘 나타났다. 내가 오빠를 불렀는지, 오빠가 스스로 나타났는지 잘 모르겠다. 나는 어린 시절처럼 "오빠"를 불렀고, 오빠는 나에게 "안 돼" 소리를 한 적이 없다.

오빠는 먹는 것도 아끼는 절약과 근검이 몸에 밴 사람이었다. 그런데도 집안에 큰일이 있을 때면 목돈을 내놓곤 했다.

사회생활에서 만난 사람들과 이런저런 이야기를 나누다가, 오빠가 건빵을 가져다준 이야기를 하게 되었다. 그런데 같이 있던 남자분이 "그 건빵은 비상훈련CPX 때나 주는 아주 귀한 것입니다. 훈련도 세고, 배가 고파 견딜 수 없는 순간에 먹는 것입니다." 말하는 것이었다. 그 자리를 벗어나 집에 돌아온 나는 아무 생각 없이 오빠 앞에서 오독오독 건빵을 먹던 나의 모습을 떠올렸다. 달콤한 별사탕을 하나 사르륵 녹여 먹고, 또 한 알 집어 녹여 먹던 밤을.

그러던 오빠가 현장 일에서 은퇴를 하고, 수족처럼 일을 도왔던 스타렉스를 폐차할 시기가 왔다고 했다. 오빠는 그 차를 살 때도 많이 망설였다. 이 세상에 태어나 오빠 자신을 위해 제일 큰 돈을 쓴 것이라고 했다. 친척들을 태우고, 식구들을 태우고, 형제들을 줄줄이 태울 수 있는 큰 차를 오빠는 좋아했다. 그런 차가 이제 엔진이 내려앉을 정도가 되었다고 했다. 우리는 이구동성으로 "오빠가 이제 또 차 살 일이 있겠어? 승용차로 편한 것으로 사."라고 말했다. 오빠는 알겠다고 대답했지만, 우리는 오빠 자신을 위해 새 차를 사지 않을 거라는 짐작을 하고 있었다. 나는 또 오빠에게 "이 바보야, 널 위해서 써. 누구 좋은 일 시키지 말고…" 말을 했지만, 오빠는 또 잠잠했다.

그해 연말에 보너스로 60만 원을 받았다. 거기 40만 원을 더 보태서 오빠에게 전화를 걸었다. 동네 카페에서 오랜만에 만난 오빠는 무한한 책임감으로 무장한 얼굴이었다. 또 내가 무슨 소리를 할지, 어떻게 도와줘야 할지 긴장한 얼굴이었다. 오빠는 "카페에 와본 지 1년 반 정도 되는 거 같다."고 했다. 물론 오빠는 찻값도 아낀다. 이런저런 일상

이야기를 하다가 오빠에게 봉투를 내밀었다. "오빠, 차 바꿀 때 보태." 오빠의 얼굴에는 환한 웃음과 함께 기가 막힌다는 표정도 같이 서렸다. 오빠에게는 늘 어리게만 보이던 여동생에게 용돈을 받으니 기분이 이상했나 보다.

나는 오랜만에 속이 간질간질할 정도로 기분 좋은 느낌을 받았다. 오빠와 헤어진 저녁이 환했다. 올케언니가 전화를 해왔다. "아니, 그렇게 힘들게 번 돈을… 가슴이 뭉클하네요. 20만 원 정도면 기분 좋게 받겠는데, 이 돈은 너무 많네요." 하였다. 오빠가 입이 귀에 걸려 집으로 들어왔는데, 봉투를 열어보고는 "이건 아닌데… 이건 아닌데…." 했다는 것이다.

작은오빠와 늘 좋았던 것은 아니다. 서운한 순간도, 갈등도 있었다. 그러나 그때마다 나는 사진 한 장을 꺼냈다. 건빵을 품에 안고 낯선 서울의 어느 단칸방으로 달려오던 군인, 작은오빠. 그 장면을 생각하면 지금도 눈물이 핑 돈다. 아버지, 엄마, 오빠, 언니가 준 사랑으로 나는 삶의 어렵고 각박한 시절을 잘 넘을 수 있었다. 작아도 나누는 것이 얼마나 소중한 것인가를 배웠다. 내 인생에서 가장 촉촉한 건빵이다.

여름

가을

—

느림
속으로

—

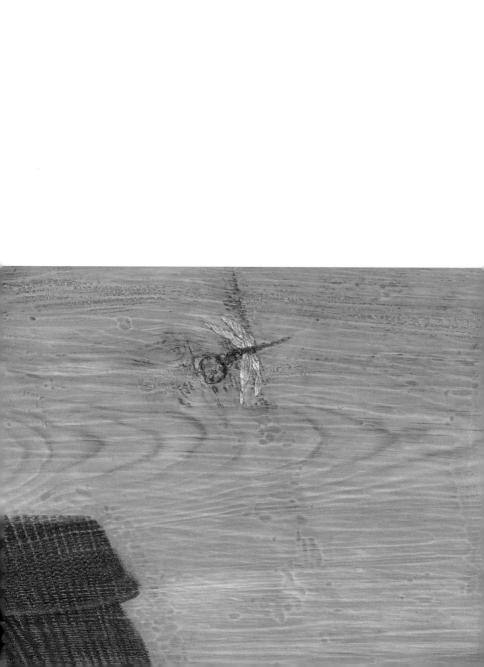

도토리가 질문을 던졌다

—

—

시골에서 잠을 자다 보면 한밤중에 딱! 딱! 집을 울리는 소리가 들리곤 한다. 처음에는 집 짓는 과정에서 공사가 잘못되어 집의 어느 부분이 갈라지는 소리인가 생각했다. 그런데 아침에 일어나 지난밤 소리가 났던 곳으로 올라가 이곳저곳을 자세히 살펴보아도 별 흔적을 찾을 수 없었다. 대신 그곳에는 도토리가 떨어져 있었다. 도토리 떨어지는 소리가 이렇게 큰가? 의아한 마음도 들었지만 다른 이유를 찾을 수 없으니 도토리에게로 심증이 갔다.

추리는 적중했다. 10월이 깊어질수록 그 소리는 점점 요란해졌다. 도토리를 줍고 있으면 내 등을 '툭' 치며 또 다른 도토리가 떨어졌다. 도토리를 줍고 갈참나무 낙엽을 모아 태우려다가 문득 손을 멈추었다. 잠시 후면 나뭇잎과 도토리 껍질에 불이 붙을 것이고, 그것을 마지막으로 그들의 생명은 다하게 된다. 나에게 온 낙엽과 도토리의 다비식을 치르는 셈인데, 그들에게 질문을 던져보았다. "이번 생에 후회는 없는가? 도토리 너는 너의 할 일을 다 했냐?" 그러자 모자를 삐뚜름하게 쓴 도토리가 픽 웃으며 "이 질문을 너에게 돌려주마." 하였다.

나는 하하 웃으며 도토리의 반격을 받았다. 자연과 더불어 살면서 당황스러웠던 것이 한두 가지가 아니었지만, 이렇게 자연의 사물과 만나는 순간 높은 스님들이나 하실 만한 질문을 주고받게 된다든지, 징그러운 뱀 때문에 몸이 오그라든다든지 하는 '경계 없음'의 상황이 가장 당황스러웠다. 자연의 사물들은 방어할 틈을 주지 않고 경계를 휙 넘어 내 안으로 쳐들어온다.

인간인 내가 도토리에게 받은 질문은, 바쁜 일상에 쫓겨

허둥대다가 길을 잃은 한 인간의 모습을 바라보게 하기에 충분했다. 혼란과 갈등의 삶에서 이런 경험은 나를 막바지까지 몰아붙여 삶을 다시 생각하게 했다. 그래서 나의 삶에서 가장 중요한 것은 사람, 그리고 사랑이라는 사실을 상기시켰다. 그런데 사람, 그 사람이 놀라운 존재이면서 동시에 상처를 주는 존재라는 것이다.

서초동의 어느 골목 벤치에 앉아 원고를 맡아 쥔 선생님과 내가 이야기를 나누고 있었다. 때는 늦여름으로 접어든 시기였지만, 모기들은 막바지 극성을 부렸다. 우리는 문학과 사람 이야기를 나누며, 손으로는 다리에 달라붙는 모기들을 철썩철썩 때려잡았다. 이야기는 좀처럼 끝나지 않았고, 우리는 모기 때문에 다리가 울퉁불퉁해질 때까지 이야기를 나누다가 서로를 바라보며 파안대소했다.

다음 날 아침 일찍, 선생님은 내게 전화를 하셨다.

"한순 씨, 글을 좀 써보면 어떨까?"

전날 선생님의 손에 들려 있던 원고는, 내가 꾼 꿈의 내용을 소설 형식으로 짧게 옮겨놓은 글이었다. 이때부터 우리는 편집자와 소설가의 관계를 떠나 그냥 시간을 나누고, 밥을 나누고, 좋은 것을 나누고, 아픈 것을 나누고, 여행을 나누고, 좋은 공기를 나누고, 책을 나누고, 생각을 나누고, 종교를 나누고, 허무를 나누고, 삶을 나누는 사이가 되었다. 사랑한다는 말을 할 필요 없이 사랑하는 시간들이 이어졌다.

둘째아이가 배 속에 있을 때부터 시작된 만남은 아이가 군대에 갈 때까지 계속되었다. 가끔 나는 한 사람에게 너무 쏠린 시간들 때문에 사람에 대한 균형을 잃을까 불안하기도 했다. 좋은 시간들만 있었던 것은 물론 아니었다. 서로 많은 단점을 보았고, 불편함을 감수했다. 그리고 서로 맞지 않는 것들은 각자의 개성이겠거니 했다.

인간은 나이가 들어갈수록 자신과 직면하는 시간들을 많이 갖게 된다. 이제껏 보았거나 믿었던 자신을 부인해야 하는 순간들이 오게 마련이다. 그런 과정에서 잘못 파편이 튀면 관계를 맺은 주변의 사람들도 같이 상처를 입게 된다. 그건 관계에서 치명적일 수도 있다. 자신과 직면하는 시간은 아무리 가까운 사람이라도 서로 타이밍을 맞출 수 없기

가을

때문이다. 그것은 오로지 자신 스스로의 문제이므로, 혼자서 그 고개를 넘어가야 한다.

관계에서 서로의 엇갈림을 겪는 일은 매우 쓸쓸한 경험이다. 대신 그간의 사람 관계를 깊이 생각해보고 되짚어보는 좋은 기회가 되기도 한다. 격물치지格物致知란 말이 자꾸 마음자리에서 떠돌고 있는 요즘이다. 한 사람과 오랜 세월 이인삼각으로 길을 걷는 것과 묶은 다리를 풀고 여러 사람을 만나는 것 중, 어느 경우가 사람 관계의 본질을 좀 더 가깝게 볼 수 있는가 하는 물음이 일었기 때문이다.

한 사람과 20여 년을 함께하며 그 사람의 곁을 걷는 일은 호젓하고 오붓하고 또 외로운 일이었다. 그러나 나는 사람들이 그리 많이 다르지 않다는 생각을 한다. 사람은 사랑받기를 원하고, 사랑하기를 원하고, 주고받기를 원하지만 결국 자신이 더 갖길 원하고, 필요하면 찾고, 필요가 없으면 떠날 수도 있는 존재인 것이다. 그러나 그들 모두의 마음속에는 영원히 사랑하고 싶고, 순백의 성혈로 사랑하고 싶은 소망이 존재한다.

최근 나는 '인간은 배신의 역사'라는 말을 잘 한다. 자랄

만큼 자라 더 이상 간섭을 원하지 않는다는 배신, 트렌드가 바뀌었다고 떠나는 배신, 실리적으로 필요가 없다고 떠나는 배신, 도토리가 나무에 매달릴 만큼 매달렸다고 떨어지는 배신도 있다. 아버지도 세상을 사실 만큼 사셨다며 내 곁을 떠나셨다. 나는 자연의 섭리와 배신이 어떻게 다른지 잘 모른다.

어쩌면 배신은 아주 자연스러운 것인지 모르겠다. 모든 것이 영원하리라는 거짓말을 전제로 보면, 모든 생태계는 배신의 체계 속에 있다. 순환의 연속은 항상 변한다는 것을 전제로 한다. 사람은 이상을 가지고 변하지 않는 어떤 것을 늘 바라고 꿈꾸지만, 그렇기에 또 상처를 받는다.

격물치지, 모든 사물의 이치를 끝까지 파고들어 앎에 이른다는 뜻이다. 사람 관계의 이치를 끝까지 파고들어 앎에 이를 수 있을까? 사람과의 관계에서는 마음껏 가까이 가보지도 못하고, 정확히 알지도 못하는 단계에서 대부분 상처받고 떠나고 배신하고 분노한다. 그러나 이러한 상처와 분노와 배신이 살아 있는 것들의 지극히 자연스러운 현상이라고 이해하기까지는 많은 시간이 걸릴 것이다. 머리로는 이해를 해도 마음으로 내려와 행동으로 이어지기까지는 오랜 시간이 필요할 것이다.

숭고한 이상을 가진 인간은 아프다. 영원히 사랑하고 싶고, 순백의 성혈로 사랑하고 싶은 소망이 존재하기 때문이다. 살아 있기에 아플 수밖에 없다.

집 주변에 떨어진 낙엽과 도토리를 태우려다 생각이 여기까지 이르렀다. 도토리는 깊은 산 큰스님이나 건넬 법한 질문을 나에게 던졌다. 그것도 머리에 모자를 삐뚜름하게 쓴 불량한 자세로.

"도토리 넌 죽었다. 이렇게 무거운 질문을 던지다니…."

눈물을 흘리게 될 때도 북한산에 오를 것을 생각하면 위로가 되곤 했다. 그곳에는 도시와는 다른 질서와 아름다움이 있었다. 겸손한 마음만 있으면 누구도 공격하지 않았고, 조금씩 배려하면 모두가 공존할 수 있는 곳이었다. 허공이 있고, 바람이 있고, 나무가 있고, 바위가 있었다. 계절에 따라 피는 꽃의 아름다움도, 떨어져 뒹구는 낙엽도 자연스럽게 흐르고 흘렀다.

꽃의 하얀거

—

—

      저기서 무엇인가 다가온다. 절정을 뿜
내던 배롱나무 꽃잎이 살짝 그늘을 드리우며 주름 끝 수분
을 안쪽으로 거두던 날. 꽃분홍빛 배롱나무 그늘에 앉아 먼
곳에서 다가오는 무엇을 바라본다.
   그곳에서 나는 발목까지 찰랑이는 면 스커트에, 뒤축을
접은 푸른색 운동화를 신고, 손에는 아이들 간식과 과일이
든 바구니를 들고 걸어오고 있다. 내소사 절 입구 돌다리에
걸터앉아 아이들이 오기를 기다리고 있다. 간식 바구니에
서는 여름 햇살을 온몸으로 받아들인 사과향이 올라오고,

개구지기만 한 두 녀석은 고단한 얼굴에 허연 버짐을 얹고 산사 입구를 뛰어다닌다.

너무 평화로워 막막하기까지 했던 내소사의 여름, 나무와 절과 하늘과 구름 사이로 떠다니는 빈 공간이 보였다. 어느새 나이를 먹어버린 나는, 둥실 공간 위로 떠올라 그날의 젊은 나를 쳐다보고 있었다.

나는 남편에게 사진을 찍어달라고 하였다. 이 느낌을 사진에 담아두고, 나이 든 어느 날 이 사진을 꺼내보리라 생각했기 때문이다. 내소사를 보러 간 것이 아니었다. 내소사의 향기와 빈 공간이 그리웠을 것이다. 어쩌면 막막함의 구체적인 느낌이 더 그리웠는지도 모르겠다.

삶은 막막함이다. 막막함을 빼놓고 어찌 삶을, 사람을 이야기하랴. 시어머님은 중풍으로 누워 계셨고, 아이들은 자라났고, 만들어야 하는 책은 역사에서 철학으로, 문학, 실용으로 장르를 오가고 있었으니, 재미있으면서도 막막한 그 시절이었다.

시골 생활을 시작하면서 아이들과 일주일에 며칠을 자연스레 떨어져 있게 되었다. 시골에 같이 사는 이웃이 아이들의 안부를 물으며 엄마, 아빠가 독립을 했다고 우스갯소리를 하셨다. 맞는 말씀이다. 나는 워킹맘으로 아이들에게는 늘 모자란 엄마였으므로, 아이들에게 더 진한 애착을 갖고 있었다. 두 아들의 고3 시절, 야간 자율학습이 끝나기 전에는 잠자리에 들어본 적이 없다. 사과 파이를 사다 놓고, 혹은 간단히 야식을 옆에 놓고 아이들의 발소리를 기다렸다.

그런데 대학을 가고, 군대를 다녀오고 아이들의 목소리는 굵어졌다. 아이들의 뒤통수에 대고 뭐라 뭐라 말해도, 그 말은 나에게로 되돌아오는 것 같았다. 어느 날 문득 아이들이 너무 커버렸다는 생각이 들었다. 불현듯 젊은 여름날 내소사의 풍경이 가슴 한쪽에 떠올랐다. 그때 찍었던 한 장의 사진을 꺼내볼 나이가 바로 지금이 아닌가 하는 생각이 들었다. 진하고 진한 애착 덩어리들을 끌고, 모든 인연에서 자유롭다는 산사를 찾았던 여름, 아마도 난 지금 언저리 어떤 시절을 예상하고 있었나 보다.

여름의 어느 시기를 정점으로 나뭇잎들의 밀도가 떨어지고, 꽃잎 끝의 수분도 줄어든다. 저녁 바람이 서늘하게 팔뚝을 스치면 가슴이 철렁한다. 사물을 제외한 빈 공간의 노크다.

자고이래로 모든 애착에서 벗어나 깨달은 여성을 찾아보기는 어렵다. 사람을 죽이는 전쟁터 총부리 앞에 꽃을 들고 나서 목숨을 걸고 다 같이 살아보겠다는 진한 애착, 아이를 출산한 엄마가 죽자 할머니의 가슴에서 젖이 나왔다는 이야기는 모진 여성의 본질을 보여준다.

뭇 여성들이 그러하듯, 나도 엄마처럼 살지 않으리라 다짐했었다. 어려서 내가 바라본 엄마는, 몸에 경련이 일어도 식구들을 위해 밥을 하고 오빠들 와이셔츠를 각을 세워 다렸다. 나는 엄마에게 반항이라도 하듯 아버지의 낡은 점퍼와 오빠들의 헐렁한 티셔츠를 입고 다녔다. 주말이면 산에 올랐고, 록 클라이밍Rock climbing도 마다하지 않았다.

로프도 없이 암벽을 오르는 족두리봉 클라이밍에 익숙해지자, 나의 눈은 점점 인수봉으로 향했다. 인수봉은 멤버와 로프, 그리고 클라이밍 신발까지 갖추어져야 오를 수 있는 전문가 코스 중 하나였다. 그런데 한 가지가 마음에 걸렸다. 엄마의 눈이었다. 보이지 않는 엄마의 눈이 자꾸만 나를 쳐다보는 것이었다. 모든 장비가 갖추어졌다 하더라도 상당한 위험이 내재한 곳이 인수봉 클라이밍 코스였다.

인수봉에 대한 사모가 깊어갈수록, 마음속 엄마 눈의 호소도 강해졌다. 클라이밍 신발을 살까 말까 망설이다, 추석날 저녁 선배 언니와 북한산 자락에서 만났다. 집에서 싸온 부침개를 먹으며 달빛에 빛나는 인수봉을 바라보고 있자니, 이제까지 만났던 세계와는 다른 신비로움이 느껴졌다. 나는 결국 클라이밍 신발을 사기로 결정했다. 푸른 달빛 아래 상앗빛으로 우뚝 솟은 인수봉이 마음속 갈등을 무화시키며 푸른 심연으로 나를 끌어당겼던 것이다.

그 주 주말에 등산을 가려 등산화를 찾으니 어디에도 간 곳이 없었다. 어머니는 외출을 하셨고 집에는 아무도 없었다. 나는 신발을 찾느라 집 안 온 구석을 들쑤시며 다니기 시작했다. 그러다 보니 화장실 한쪽 끝에 커다란 고무 통이 앉아 있는 것이 눈에 들어왔다. 나는 혹시나 하는 마음에 고무 통 뚜껑을 열었다. 그런데 그곳에 등산화가 얌전히 들어가 있는 게 아닌가. 나는 가슴이 철렁해 등산화를 꺼내지 못했다.

어머니의 직감이 나의 클라이밍을 말리고 있었다. 나는

고무 통 앞에 한참을 가만히 서 있었다. 그리고 어머니에게 지기로 마음먹었다. 어머니는 위험을 무릅쓰고 심연의 세계로 뛰어들려는 나의 갈등을 몸으로 느끼고 있는 것 같았다.

그 후 나는 무릎을 살짝 덮는 치마를 입기 시작했다. 너무 아프고 힘든 사랑을 하는 엄마에 대한 반항이 1차로 무너진 시기였다.

세상에 엄마가 될 준비가 되어 자식을 낳는 사람이 얼마나 될까? 결혼을 하고도 아이에 대한 생각은 별로 없었다. 그렇게 한 해가 지나가자 시할머니께서 "애기 안 낳을 거면 밥도 먹지 마라."며 웃으셨다. 그제야 결혼과 아이가 이어지는 과정 중 하나라는 생각을 했다. 아이를 낳으려면 건강해야 한다는 생각에 흑염소를 주문해 열심히 먹었다. 이렇게 미숙하게 엄마가 된 나에게 육아는 좌충우돌, 우왕좌왕의 연속이었다. 왜 뛰어다니는지도 모른 채 뛰어다녔고, 현기증에 눈앞이 아득해져도 아이들 숙제를 붙들고 씨름했다.

오 남매의 막내로 태어난 나는 일찍이 어른들의 고생을 느꼈고, 약간의 허무와 살짝 긴 방랑기로 중무장되어 있었다. 그런데 아이들 앞에서 그때의 나는 여지없이 무너졌고, 어느새 어머니 모습으로 변해 있었다.

아이들과 떨어져 있는 시골 생활에서 처음으로 아이들과 나 사이를 바라보게 되었다. 어느 시인의 말처럼 "저 어린 것들이 나를 부축하고 여기까지 왔구나"를 절절히 느끼는 시간들이다. 나를 부축하고 여기까지 왔으니, 나는 이제 저 아이들에게 자유를 주고 싶다. 그래서 시골에서 사는 일로 마음을 다지며 아이들과 나 사이를 만들고 싶다. 깨달음에 도달해 집착을 버리고 자유를 얻은 여성은 없다. 나도 엄마처럼 깨닫지 못할 것이다. 그래도 온몸의 직감으로 자식들의 보이지 않는 눈은 될 수 있을 것이다.

저 사이로 무엇인가 다가오는 것이 느껴진다. 숲속 저 멀리서 다가오는 저것. 그것은 바로 '절대 고독' 그분이다. 깨달아도, 깨닫지 못하여도 비껴갈 수 없는 그분. 사랑해도 소용없고, 사랑하지 않아도 소용없는 절대자 그분. 나는 그분과 아주 천천히 친해지려 한다. 나는 그분 앞에서 백전백패이므로 가급적 아주 천천히 다가가려 한다.

11월을 좋아하세요?

—

—

　　　　　시골집 입구에 있는 산사나무 빨간 열매도 하나둘 사라지고, 초록 속에서 강렬한 욕망으로 뻗어가던 시절도 정점을 지나 갈색빛으로 어깨를 떨어뜨린다. 계곡 물가에 핀 이파리의 연둣빛만으로도 많은 위안을 얻었고, 돌 틈새에 뿌리 내린 가녀린 잡초들을 보며 생명의 끈기를 배웠다. 그런데 시골 생활의 체험이 시작되면서 가장 놀라웠던 것은 식물의 욕망이었다.

　한여름에 바라보는 식물들은 생명력의 싱싱함을 넘어 욕망의 분출을 보여주었다. 잔디 속에 뿌리를 내리는 바랭이

는 줄기마다 10센티미터 간격으로 또다시 뿌리를 내리는
치밀함이 있는가 하면, 넝쿨식물들은 나무의 발목을 지나,
허리를 지나, 목까지 감고 올라가, 누가 나무이고 누가 넝
쿨인지 모르게 뒤엉킨 채 자신의 생명력을 발산했다. 그들
에게는 애초에 '적당히'라는 개념은 없는 것 같았다. 생명
속의 어떤 에너지가 다할 때까지 뻗고 또 뻗어갈 뿐이었다.

늘 위안을 주는 착하고 예쁜 식물이라고만 생각하다가,
그들과 섞여 살면서 그들의 왕성한 욕망을 보게 되었다. 한
여름 그들의 번식은 무서울 정도다. 오죽하면 잡초 뽑기에
지쳐 시골 생활을 청산하고 다시 도시로 향하는 일이 다반
사로 일어날까. 그러나 끝도 없을 것 같은 그들의 욕망도
어느 시기로 접어들면 잦아들기 시작한다. 밉기도 했고, 무
섭기도 했던 욕망이 힘을 잃고, 어떤 큰 흐름과의 조화를
위해 어깨를 떨어뜨릴 때 뭉클 그 시절의 추억이 떠오른다.

친구는 공항 에스컬레이터 앞에서 남편과 나에게 허그를
하라고 했다. 나는 어깨에 배낭을 둘러멘 채 남편과 작별
포옹을 하였다. 눈물도 메말랐다. 그냥 가슴속에서 바스락,

낙엽 밟는 소리가 들렸다. 친구와 함께 비좁은 이코노미 좌석에 자리를 잡았다. 담요를 머리까지 뒤집어쓰고 잠을 청했지만 잠은 오지 않았다. 얼마를 하늘 위에 떠 있었을까? 친구는 뒤척이다 살짝 잠이 든 듯했다. 그제야 나는 한숨을 내쉬며 눈가로 가늘고 촉촉한 것이 흘러내리는 것을 느꼈다. 담요를 당겨 머리 위로 다시 뒤집어썼다.

18시간의 비행 끝에 파리 공항에 도착했다. 나에겐 첫 해외 나들이였고, 아직 파리에는 동양인들이 많지 않던 시절이었다. 친구의 도움으로 시테유니버스티에 숙소를 잡고 체크인을 하자마자 나는 침대에 누워 잠이 들었다. 동행했던 친구가 숙소를 잡는 데 도움을 준 친구에게 인사를 가자고 깨우는 것 같았지만, 나는 일어나지를 못했다. 친구는 화를 내며 나가는 것 같았다. 처음 찾아든 낯선 곳에서 나는 아주 깊은 잠에 빠졌다. 자다 깨면 높은 천장과 하얀 시멘트벽이 보였다. 나는 어디론가 유배되었거나 도망친 것이었다.

다음 날 나는 햄버거와 커피 한 잔으로 끼니를 때우고, 퐁피두와 오르세 미술관을 돌았다. 그리고 다시 숙소로 돌아오기 위해 지하철 지하 계단을 내려오고 있었다. 그런데 어디선가 들려오는 오카리나 소리가 발걸음을 멈추게 했다. 계단을 다 내려오니 역 한쪽에 자리를 잡은 집시가 텅 빈 공간을 스피커 삼아 오카리나를 불고 있었다. 나는 그대로 그의 음악에 젖어들었다. 그의 선율은 나의 영혼을 한동안 이리저리 끌고 다녔다. 지하철이 한 대, 두 대, 세 대 그냥 지나갈 때까지 나는 그곳에 서 있었다. 오르세의 어느 미술품도 나의 마음을 이렇게 잡아끌지는 못했다. 지하철 선로 끝에 이어진 어둠을 보며 '나는 어디로 가야 하나?' 눈물이 핑 돌았다.

　모두가 낯선 사람들, 이곳에서 나는 더 낯선 곳으로 가야 할 것 같았다. 방랑기 가득한 내가 만나졌다. 파리의 한적한 지하철역에서 민낯의 나를 만나는 일은 두렵고 떨렸다. 그러는 동안에도 오카리나의 선율은 가슴에 칼을 긋듯 예리하게 울려 퍼졌다. 시간은 멈추었고 이 상황이 영원히 이어질 것 같았다.

　몇 곡의 오카리나 연주와 몇 대의 지하철이 지나갔는지 모르겠다. 나는 지하철을 타고 숙소로 돌아가거나, 아니면 오카리나 선율을 따라나서거나, 둘 중 하나를 택해야 할 것 같았다. 그때 다시 지하철 한 대가 들어왔다. 유리창 안쪽의 사람들은 불빛 아래 책을 읽거나, 서로 눈을 맞추며 서 있기도 했고, 깨끗한 옷차림에 교양 있는 모습으로 앉아 책을 읽기도 했다. 나는 떨어지지 않는 발을 이끌어 지하철 안으로 몸을 집어넣었다. 마음에 위배되는 일이었으나, 생김만 조금 다를 뿐 삶의 모습이 눈에 들어왔기 때문이다.

한국의 공항에서 다시 만난 남편과 나는 어색한 웃음을 나누었다. 나는 말하지 못할 먼 곳까지 다녀온 이 느낌을 어떻게 전해야 할지 막막했고, 남편은 나 없이 보낸 시간에 대해 말하기가 쑥스러웠던 것 같다. 그런데 얼마를 운전해 공항을 벗어나오자 남편은 "다시는 당신 혼자 어디 보내지 않을래."라고 말했다.

길가에 은행잎들이 나뒹굴고 있었다. 말이 없는 나를 대신해 남편이 무겁게 입을 열었다. "저 노란색이 말이야, 미친년 빤스 색깔 같더라고." 내가 없는 동안 혼자서 열한 살, 다섯 살 두 아이와 앓아누운 노모 사이를 다니며 바라보았을 은행잎 색깔. 그도 얼마나 낯설음이 그리웠을까? 모든 책임을 벗어버리고, 모든 인연을 모른 척하며 얼마나 떠나고 싶었을까? 나는 대답 대신 창밖으로 얼굴을 돌려 은행잎을 바라보았다. 11월이었다. 욕망이 한 꺼풀 내려앉는 11월. 낯선 곳을 향해 뻗던 넝쿨이 걸음을 멈추는 11월.

"11월을 좋아하세요?"
낮고 고요한 음성으로 마치 접선하듯 암호를 던진다.
낙엽이 떨어져 뒹굴고, 달리는 자동차가 쌓인 낙엽들을 다시 한번 뒤치게 하는 11월을 좋아하세요?
숲은 여백을 점점 키우며 마음의 골밀도를 떨어뜨리는 11월을 좋아하세요?
살아온 몇 달을 떠올리며 남은 한 달을 비상처럼 간직한 11월을 좋아하세요?
마지막 사력으로 꽃보다 붉은 단풍을 피웠던 나뭇잎, 옅은 바람에 갈색으로 허공에 선을 그리며 떨어지는 11월을 좋아하느냐고요?
이제까지 알아왔던 모든 사람을 모르는 척 떠나고 싶은 11월을.

마음속에 담아두었던 화와 허무의 광기가 배어나오는 11
월을.

낯설고 퀭한 눈빛이 공기 속에 가득 담긴 11월 말이에요.

암호를 건넬 때 눈을 마주치는 것은 금물.

눈은 허공에 둔 채 낮고 그윽하게 질문을 건넨다.

"11월을 좋아하세요?"

유키 엄마와 춤을

—

—

유키코는 성이 한씨다. 나는 그녀와 성이 같다는 이유로 친밀감을 느끼고 있었다. 그녀는 한인 교포 3세로 한국말이 약간 어눌하다. 대학에서 영문학을 전공한 그녀는 한국 에이전트에 정착하려 몇 년 동안 고생을 하다 일본으로 짐을 싸 돌아가기도 했다. 그리고 또다시 한국으로 나와 좌충우돌 한국 생활에 적응하고 있다. 예의를 깍듯이 지키는 그녀의 모습과 대조적으로, 서툰 한국말 속에 담긴 독특한 사고방식과 유쾌한 행동은 내게 신선함으로 다가왔다.

출판사를 시작한 지 얼마 되지 않았을 때, 일은 진척이 되질 않고, 직원들도 내 맘 같지 않아 머릿속이 부글부글 끓어오르던 날이었다. 산책 겸 거리로 나섰던 나는 그녀가 근무하는 사무실 근처를 지나가다 문득 그녀에게 전화를 걸어 근처 노래방에 가자고 했다.

그녀는 잠깐 당황했지만 이내 따라나섰다. 목청을 높여 노래를 부르는데, 그녀의 목청 또한 만만치 않았다. 우리는 모두 낯선 땅에 사는 존재라는 눈빛을 서로에게 보내며, 묵직한 마음을 노래에 실었다. 그러고는 아무 일 없었다는 듯 각자의 사무실로 들어간 듯하다. 벌써 오래전 일이다.

그 후로 유키(내가 그녀를 부르는 애칭이다.)는 다른 사람에게 나를 소개할 때, 그날 일을 재미있게 들려주곤 했다. "유키! 나와. 노래방 가자."

사회 초년생일 때 나는 함께 노는 사람과 같이 일하는 사람을 엄격히 구분했다. 그것은 고정관념에 기인한 것이기도 했고, 내 나름의 예의이기도 했다. 그러나 사회의 급격한 변화와 함께, 변화의 뺑뺑이를 돌던 나는 언제부터인가 그 경계를 허물기 시작했다. 경계는 세월의 바람이 오가며 스치기를 여러 번, 봄 여름 가을 겨울을 보내며 조금씩 풍화되었다.

유키는 한국 생활에서 여러 가지로 어려움을 겪고 있었다. 의료보험이 없어 비싼 진료비 때문에 병원을 마음대로 다니질 못했고, 객지에서의 외로움과 고달픔을 달래기 위해 한잔 술을 기울이기도 했다. 문화적 차이 때문에 연애가 잘 되지 않는 경우도 있었다. 나는 그녀의 이런 문제들을 그냥 가만히 바라보면서 들어주기도 했다.

그러던 어느 날 비보가 들려왔다. 유키의 아버지가 돌아가셨다는 것이다. 유키는 아버지가 우울증을 갖고 계신 것 같다고 말을 한 적이 있었다. 해결되지 않는 문제에 너무 오래 매달리기도 하고, 마음이 약해져 눈물을 보이시기도 한다고 했다. 나는 철렁 내려앉는 마음을 가다듬으며 비행기에 오를 그녀를 떠올렸다. 그리고 그녀를 위해 기도했다.

그녀는 아버지의 상을 치르고 한국에 돌아와 황망한 마음을 잘 잡지 못했다. 그리고 그즈음 나는 운동 부족으로 만성피로를 느끼고 있었다.

어느 날 나는 월남국수를 먹으며 유키에게 "우리는 머리를 지나치게 많이 쓰니까, 평소에 쓰지 않는 신체를 단련하기 위해 운동을 하자."고 제안을 했다. 그리고 이후 스포츠 댄스를 배우러 다녔다. 우울했던 그녀와 만성피로의 내가 기를 쓰고 춤을 추러 다닌 것이다.

댄스 교습 시간이 끝나면 우리는 길거리 포장마차에서 어묵을 사 먹곤 했다. 같이 어묵을 먹으며 홍대 앞을 지나다니는 치열하면서도 고독한, 열정적인 젊음들을 바라보았다. 불빛 아래 반짝이는 값싼 귀걸이와 목걸이, 쇼윈도에 걸린 독특한 디자인의 옷들, 그리고 다양한 개성들이 활보하는 거리를 같이 걸었다.

그렇게 몇몇 군데를 옮겨 다니며 우리는 스포츠 댄스도, 나이트 댄스도 배웠다. 유키의 어머니는 춤을 무척 좋아한다고 했다. 그래서 유키에게도 춤을 배우라고 권했다고 한다.

"유키, 인생에서는 무슨 일이 생길지 모르니, 춤을 배워 둬!"

우리는 유키 어머니의 말을 전해 들으며 밤하늘에 웃음을 날렸다. 그즈음 유키의 심리 상태는 많이 좋아졌다. 그리고 얼마 후 일본어를 잘하는 남자와 결혼을 하게 될 거 같다고 내게 소개시키더니, 한국의 전통혼례로 결혼식을 치렀다.

그 후로 유키와 나는 더 이상 같이 춤을 추러 다니지는 않았지만, 우리들 이야기 속에는 늘 춤이 있었다. 유키 어머니는 서울에만 오면 남대문시장에서 댄스복을 사고, 반짝이를 더 장식해서 입고 춤을 즐긴다고 했다.

유키의 어머니와 처음으로 식사를 하는 날, 그녀는 일본에서 함께 온 선배 한 분과 친구 한 분을 데리고 나왔다. 내가 여성 인생 선배인 그녀와 친구분들께 저녁을 대접하고 싶어 청한 자리였다.

유키의 어머니는 형광빛 밝은 하늘색 패딩 코트에 같은 색깔 귀마개를 하고 나오셨다. 경쾌함이 묻어나는 패션이었다. 친구분은 연세가 70세, 선배분은 82세라고 했는데, 믿어지지 않을 만큼 건강해 보였다. 거기에 인생의 연륜 또한 매우 단단해 보였다.

맛있게 음식을 먹고 있는 중에 유키가 계산을 하려는 듯 보여 얼른 막았다. 그러자 안쪽에 앉아 계시던 유키의 어머

가을

니께서 어느 사이 뛰어나가 계산대로 향했다. 나는 급한 마음에 신발도 신지 못하고 뒤따라갔지만, 유키 어머니의 강력한 주장을 어찌할 도리가 없었다. 딸을 위하는 엄마의 마음을 이길 수는 없는 것이었다.

하는 수 없이 2차 노래방 비용을 내가 내기로 했다. 그곳에는 공간도 좀 있어서, 나는 유키 어머니께 춤을 보여 달라고 부탁을 드렸다. 〈차차차〉 음악과 함께 춤을 청했다. 유키 어머니도 경쾌하게 화답하였다. 베이직과 턴만 하였을 뿐인데도 훌륭한 춤이 되었다. 82세 되신 분과 왈츠도 추었다. 오래 춤을 배운 분들의 유연함이 느껴졌다. 사람들은 돌아가며 노래를 불렀고 유키 어머니와 나는 춤을 추었다. 말은 통하지 않았으나 '나는 당신의 삶을 같이 기뻐하고 슬퍼합니다. 그래도 우리는 이렇게 춤출 수 있습니다. 웃을까요?' 하는 표정이 모두의 얼굴에 들어 있었다.

헤어질 때 나는 유키 어머니를 잠깐 안았다. 그리고 친구분과 선배분도 한 번씩 안았다. 굳이 '여성'이라 말하지 않아도, '엄마들'이라 말하지 않아도, '아내들'이라 말하지 않아도, 우리는 짧은 순간 서로의 애환과 행복을 공유하고 위로했다. 추운 도시의 밤, 고요하고 따뜻한 여성의 삶이 마음으로 흘러들었다.

언제부터인가 중간에 잠이 깨 행하는
의식 같은 것이 있다

세상의 무엇들과 사이를 두는 일

북한산과도
자동차 소음과도
나를 둘러싼 물건들과도

너와 나의 호흡이
깃들 수 있는 공간을 두는 일

사이를 넓히는 시간
애착이 풀어지는 시간
새벽 3시

느림 속으로

—

—

내가 그곳을 드나들기 시작한 지 벌써 4년 가까이 되어가는 것 같다. 사실 그곳은 처녀 시절 등산을 마치고 하산하려면 스치게 되는 절이었지만, 그때는 그다지 눈에 들어오지 않았다.

결혼을 하고 아이를 둘 낳는 동안에도 직장 생활은 계속되었다. 어느 것 하나도 소홀히 할 수 없는 생활 속에서 닳은 구두 뒤축을 갈아가며 뛰어다녔다. 시간은 잠시도 쉴 수 있는 틈을 주지 않았다. 일상은 자동 공정 생산라인에 놓인 상품처럼 돌아갔다. 아침이면 출근을 해야 했고, 아이를 위해 밥을 지어야 했고, 종종걸음으로 들어선 백화점에서 남편의 넥타이를 골라야 했다.

새벽녘 자명종 소리에 얼핏 잠이 깨었다가 버튼을 누르고 잠깐 조는 사이에 전화벨이 울렸다. 그저 잘못 걸린 전화려니, 이불 속으로 움츠러들던 몸이 한순간 오싹해졌다. 전화를 받았던 남편의 몹시 가라앉은 목소리, 게다가 전화를 끊는 마지막 말은 "어떻게 그런 일이…"였다.

나는 일어나 앉았다. 뭔가 일이 났지만 우선은 침착해야 한다는 생각이 들었다. 무슨 일이냐고 묻는 나에게 남편은 화장실을 다녀와서 이야기하겠노라고 했다. 그사이 나는 세상이 두 쪽 나더라도 놀라지 말아야지, 단단히 마음의 준비를 했다. 그런데 뜻밖에도 남편의 첫마디는 "당신, 놀라지 말어."였다. 어떤 소설가 선생님이 이 세상에서 가장 놀라운 말은 "당신, 놀라지 말어."라는 말이라고 하신 적이 있다. 일이 크게 터진 거였다.

나에게는 하나밖에 없는 미혼의 언니가 교통사고를 당했다는 소식이었다. 병실로 문병을 갈 수도, 붕대를 감거나 수술을 할 수도 없는 사고를 당했다는 것이다. 멍한 머릿속으로는 두 쪽 난 하늘이 어떻게 생겼나 떠올리고 있었다. 나는 신을 쏘아보는 눈빛으로 아침밥을 짓기 위해 부엌으로 나갔다. 밥솥을 가스레인지 위에 올리고 가스 불을 켰다. 잠시 침묵이 흐른 뒤 나는 남편에게 물었다.

"당신, 조금 전에 뭐라고 그랬어요?"

남편은 안쓰러운 눈으로 나를 바라보다가 세면실로 들어갔다. 신을 꼬나볼 힘도, 밥상을 차릴 정신도 남아 있지 않았다.

언니는 평소에 다니던 절에 위패를 걸게 되었다. 오 남매 중 하나를 잃은 우리 형제들은 눈 마주치기를 서로 피했고, 아무도 언니 이야기를 꺼내지 않았다. 언니를 위해 마련된 절의 장례 절차에 따라, 나는 뛰는 가슴과 후들거리는 다리로 절에 드나들기 시작했다. 처음에는 49제를 위하여 7일마다, 그다음에는 영혼을 위한 지장기도를 100일 동안 행했다. 죽음의 냄새가 내 주변에서 얼씬거렸고, 그것은 또 끊임없는 질문을 내게 퍼부었다. 그렇게 하루가 가고, 이틀이 가고, 100일이 가는 사이에 산 자와 죽은 자의 이별 의식이 마무리되었다.

나의 생각에는 변화가 오기 시작했다. 이별은 의식이 끝난다고 해서 끝나는 것이 아니었다. 그리고 모든 것을 신에게 맡길 수 있는 것도 아니었다. 수없이 밀려오는 후회, 언니의 죽음을 계기로 나를 돌아보는 시간이 많아졌다. 나는 바쁜 생활을 핑계로 혼자 사는 언니 집에 들러 밑반찬 한 번을 챙겨줘 본 적이 없었다. 나는 삶의 목적과 방법이 마구 뒤섞이는 혼란을 겪으며, 절로 들어서는 한적한 길을 하염없이 걷곤 했다.

이별의 의식이 마무리된 뒤에도 나는 스스로를 보기 위해 그 길을 걸었다. 어느 날은 해가 막 떨어지며 산사에 범종 소리가 울릴 때도 있었다. 나는 그곳에서 바람 소리와 물소리에 한참 귀를 기울였다. 잘생긴 소나무 숲에 앉아 솔향기를 코끝으로 건져내기도 했고, 눈 내린 겨울날엔 모자를 쓴 듯 눈을 이고 있는 장독들을 바라보기도 했다.

그곳을 걷는 나의 발걸음은 결코 빠르지 않다. 오히려 한 발을 내딛는 순간이 매우 길어질 때가 많다. 나는 절 길을 걸으며 느림의 미학을 발견하게 되었다. 자동 공정의 생산 라인에서 내려왔다. 나이와 세월이 주는 속도감, 후려 팰수록 빨리 도는 팽이, 그 속도에서 빠져나왔다.

기차를 타고 달리다 보면 멀리 한적한 마을이 바라보인
다. 그러나 기차는 어느새 그 마을을 지나고 만다. 휙휙휙,
거리의 나무도 빠른 속도로 스쳐 미처 바라볼 겨를이 없다.
이제는 간이역에서 용기 있게 내릴 것이다. 그리고 마을로
난 오솔길을 걸을 것이다. 아주 천천히, 오솔길과 한적한
마을이 내 삶 속으로 가만히 내려앉을 수 있도록.

나무의 굽은 가지를 천천히 살펴볼 것이며, 푸른 새벽길
을 산책하고, 아이와 눈을 맞추며 긴 시간을 이야기하겠다.
한 권의 책을 들고 천천히 음미하며 읽을 것이다.

속도를 멈춘 그 자리에 산 자와 죽은 자의 해후가 마련되
었다. 언니와의 이별은 나의 발걸음을 느리게 했다.

먼 산이 내려오는 소리,
낙엽이 묻혀온 높은 곳의 외로움,
갈색 커피 가루에 뜨거운 물이 닿는 순간
아린 것들의 향기,

고생대에는
11월 비를 뭐라 불렀을까?

쉼표, 1초의 미학

———

———

꽤 오래전 일이다. 텔레비전에 가수 임지훈이라는 사람이 나왔는데, 옷을 말끔히 차려입었다거나, 얼굴이 썩 잘생겼다거나 하지는 않았다. 그에게서 애시당초 누구의 비위를 맞추려는 생각은 조금도 보이지 않았다. 사회자가 던진 질문에 원샷이 잡힌 얼굴은 약간 시니컬하게 웃으며 "뭐, 그렇죠."로 일관하고 있었다. 사막의 모래바람을 묻힌, 야성이 퇴화되지 않은 사람이 도시에 있는 듯했다.

세월이 흘렀던가, 내가 흘렀던가. 어느 날 저녁 지인의 팔을 잡고 큰 나무가 가지를 드리운 식당으로 한 계단 한 계단 올라갔다. 창밖으로 보이는 녹색의 나뭇잎은 말없이 우리의 식탁에 참여하고 있었다.

나는 좀 어려운 부탁을 하고 있었다. 일이 꼬여 점잖은 우리 필자분께 실망스런 일이 벌어진 때였다. 이런 때 대표라는 직함은 무겁다. 국수 가락이 입에 들어가는 둥 마는 둥, 나는 가끔씩 나뭇잎에 눈을 내주고 있었다. 자기 일도 바쁠 뿐 아니라 내가 아끼고 싶은 사람에게 무엇을 부탁하는 일은 그리 쉽지 않았다. 자초지종을 다 듣고 난 지인은 최선을 다해보겠노라 했다. 이야기를 털어놓은 것만으로도 마음이 가벼워졌던가? 식당에서 내려가는 계단은 발걸음이 한결 가벼웠다.

계단의 중간쯤에서 그는 나를 올려보며 "저기 가면 가수 임지훈 씨가 노래하는 카페가 있는데… 노래 들을까요?" 물어왔다. 지인은 노래를 좋아하는 나의 취향을 확실히 알고 있었다. 나 또한 계단을 힘겹게 올라왔을 때와 달리, 불현듯 이 무거운 책임에서 벗어나 전혀 다른 분위기가 있는 곳으로 가고 싶었다. 그리고 어느 날 TV에서 보았던 임지훈이라는, 야성의 모래바람 냄새가 스치듯 코끝의 기억으로 살아났다.

흐르는 것이 무슨 죄이겠는가? 젊은 날의 야성은 갈기를 접고 안으로 잦아들었다. 작은 무대에 오른 임지훈은 낙엽 타는 냄새가 스며 있었다.

어쿠스틱 기타 한 대가 만들어내는 여운에 마음을 맡기고 있자니, 기타 소리 여운의 뒤를 타고 나와야 할 임지훈 씨의 목소리는 낮은 숨처럼 먼저 짧은 쉼표에게 자리를 내주고 있었다. 그 순간이 아주 짧아 마치 10분의 1초처럼 느껴졌는데, 그 잠깐의 순간이 가슴을 쿵 내리찍었다.

노래를 하지 않는 순간 노래를 느끼다니? 그는 듣는 이가 자신의 감정과 마주 볼 수 있는 시간을 잠시 내주고 있었다. 아무 소리 없는 공명. 음과 음 사이의 여백.

아끼고 사랑하는 사람 앞에서 머뭇, 1초를 망설이듯 잠깐 멈춰 서서 바라보고, 기다렸다. 봄날은 가고 지는 꽃 그림자를 바라봐야 하는 마음 앞에서도, 서로 팔을 안고 어루

만져주어야 하는 시간 앞에서도, 그대도 나만큼 외로운가
요 묻는 순간에도, 그는 잠깐 쉬었다.

삶의 어느 모퉁이를 돌아 그가 이런 호흡의 노래를 갖게
되었는지 나는 잘 모른다. 그저 지극함에 다다른 것은 아
닐까 생각해본다. 지극함이란 순리에 따르는 것, 피고 지는
일에 고개를 끄덕이는 일. 때론 그 순리가 잔인하게 느껴질
지라도 그 속에 섞여 흐를 것. 이런 삶의 애환을 그가 스쳐
온 것은 아닌가 유추해볼 뿐이다.

모래바람과 그리움의 세월에서 쉼표를 건져낸 임지훈,
지금 그는 삶을 느끼기 위해 꼭 필요한 낮은 숨, 쉼표를 그
의 노래 속에 안고 있다.

가을

어머니, 된장 좀 주세요

—

—

        12월의 햇살이 깨끗하다. 돌담 위로 겨울나무 그림자가 드리워져 있다. 겨울나무는 빌딩숲 벽에도, 차도 위에도, 보도 위에도 자유롭게 그림자를 드리우고 있다. 이렇게 햇살이 깨끗한 날엔 장욱진 화백의 그림처럼 도시의 곳곳에 걸린 겨울나무의 그림자가 정겹게 느껴진다.

  모든 것이 아쉬움을 남기면서도, 무엇인가 충만함을 주는 12월을 나는 좋아한다. 어린 시절 자주 듣던 싸락싸락 눈 내리는 소리라든가, 싸하게 코끝을 스치는 찬 공기, 무엇인가를 여미고 안으로 칩거하는 계절. 그리고 꿈과 환상이 있음을 인정한다는 듯이 여기저기 세워진 크리스마스트리가 어둠 속에서 반짝이는 12월.

시집을 오고, 아이를 낳고, 직장을 다니며, 좌충우돌 바쁜 나날들이었다. 아이들 둘이 자라자 이제야 조금 여유를 갖게 되었다. 계절을 만끽할 수 있다는 것, 아이들과 오랫동안 눈을 맞출 수 있다는 것이 그렇게 행복할 수가 없다. 일요일 아침잠에서 깨, 이불 속의 두 녀석을 불러 한 번씩 안아보는 일은 짧지만 깊은 행복을 준다.

두 녀석이 이렇게 크기까지는 시어머님의 조력이 컸다. 어머님은 허리 수술을 하시고도 두 녀석의 뒷바라지에 힘을 아끼지 않으셨다. 많이 배우지도 못하시고, 남편의 사랑도 맘껏 받지 못하시고, 넉넉지 못한 살림 때문에 늘 미안한 듯 웃고 계시던 어머님. 손주들을 돌봐주는 게 그래도 자식들에게 도움을 줄 수 있는 방법이라고 생각하신 어머님 덕분에 나는 직장 생활을 계속할 수 있었다.

월급을 타는 날 용돈을 내놓으면 어머님께서는 어디에다

눈을 둘지 몰라 하시며, 빡빡한 우리 살림에서 용돈 받아 가시는 걸 미안해하셨다. 오히려 돈을 내놓는 내가 더 민망할 정도였다. 허리를 꼬부리고 바쁜 걸음으로 우리 집에 오실 때에는 항상 한 손에 보퉁이가 들려 있었다. 커피 병에 담긴 간장, 그리고 플라스틱 용기에 담긴 고추장 등이 보퉁이 속에서 풀려 나왔다. 안팎으로 바쁜 생활 속에서 장을 담글 여유도 없었고, 사실 그 방법도 잘 몰랐다. 어머님은 그것을 짐작하고도 남는다는 듯이 간간이 이렇게 장을 담가 날랐다.

그날도 역시 월급날이었나 보다. 늘 현금을 봉투에 넣어 드렸었는데, 그날따라 봉투도 보이질 않고, 현금도 없이 모두 수표뿐이었다. 하는 수 없이 나는 수표를 한 장 델롱 들고 가서 어머님께 드렸다. 그날 어머님은 다른 날보다 더 민망해하셨다. 나는 어머님을 좀 당당하게 해드릴 방법을 찾아야 했다. 순간 하나의 생각이 머리를 스쳤다.

"어머님, 된장 좀 주세요."

"어… 어, 그래… 그래. 된장이 떨어졌냐?"

"입이 길들여져서 이제 어머니 된장 아니면 맛이 없어요.

어머니, 우리 밥 먹어요." 하고 너스레를 떠는 동안 어머님은 무안함을 떨쳐버리고 벌써 상 차리는 일에 열심이셨다.

그럭저럭 잘 지내던 어머님과 내가 딱 한 번 큰소리를 내어 다툰 적이 있다. 어느 날 어머님은 첫째 아이를 데리고 아이의 고모 집에 나들이를 가셨다. 그런데 나들이에서 돌아온 아이의 얼굴에 엄청난 상처가 나 있는 것이었다. 나는 너무 놀라 어찌할 바를 모르고 있는데, 어머님은 태연스레 약국에서 사온 연고를 내놓으시며, 이만한 게 다행이라는 말씀만 계속 하시는 거였다. 눈과 코 사이의 경계가 없어지고, 퉁퉁 부은 얼굴에, 앞니도 한쪽이 떨어져 나가 있었다. 내 판단으로는 코뼈가 부러진 게 확실했다. 그렇다면 병원 시간이 끝나기 전에 집으로 오시거나, 나에게 전화를 했어야 하는 거 아닌가?

나는 속이 터져 밖으로 나왔다. 마침 퇴근하던 직원들이 더위를 식히려 동네 마트에서 캔 맥주를 한잔씩 하고 있었다. (당시 다니던 출판사 건물 3층에 살림집이 있었다.) 나를 발견한 직원이 더운데 한잔 마시라며 맥주를 내밀었다. 나는 부글부글 끓어오르는 마음을 식일 겸 못하는 술을 한잔 꿀꺽 넘겼다. 그리고 다시 집으로 들어와 아이의 얼굴을 바라보는데, 순간 술기운이 올랐는지 참지 못하고 말이 튀어나왔다.

"아니, 어머니! 애가 다쳤으면 병원 시간 전에는 오셔야지요. 저건 코뼈가 부러진 게 확실하다고요."

그러자 평소 잘 참으시던 어머니도 울컥해하며 말씀하셨다.

"그래, 나는 맘이 편한 줄 아냐? 나도 약국에 들러 물어봤다. 이 연고 바르면 괜찮다고 하더라. 나는 가슴이 다 내려앉았다."

"약국 사람이 그런다고 이제 와요. 보시면 알잖아요. 저 얼굴이 연고로 되겠어요?"

그러자 남편이 소리를 높이며 끼어들었다.

"조용히 하지 못해?"

"그래, 내가 죽일 년이다. 내가 왜 데리고 나가서. 그렇지만 너도 그러는 게 아니다. 나도 맘이 아파 죽겠는데, 너까지 그러냐? 나 갈란다."

어머님은 서러우셨나 보다. 옷가지를 주섬주섬 가방에

쑤셔 넣으셨다.

나는 급기야 울음이 터지고 말았다.

"그래요. 갈 테면 가세요. 친정엄마라면 거짓말이고, 나는 어머니를 시어머니로 생각한 적 없었어요. 잉잉…."

어머님은 짐을 싸던 손을 멈추셨다.

"안다, 알어. 아이구, 애야. 그만해. 그래. 내가 왜 니 맘 모르겠니. 우리 저녁 먹자."

그 여름에 나는 첫째 아이를 데리고 코뼈를 맞추러 세 번씩이나 세브란스 병원을 들락거렸다. 어머님은 가슴을 벌렁거리며 전화를 하셨고, 나는 오히려 어머님을 안심시켜 드릴 수밖에 없었다. 그날 마신 맥주는 부글거리는 감정을 분출시켰고, 그 후 어머님과 나는 사랑 고백을 한 사이처럼 좀 쑥스럽기도, 좀 뿌듯하기도 했다.

어느 날 광고 회사와 예약 건 때문에 통화를 하고 있었다. 그런데 아까부터 깜빡이는 빨간색 불이 전화를 방해하고 있었다. 나는 잠시 홀딩을 하고 키폰을 눌렀다. 상대편에서는 알아들을 수 없는 목소리로 뭔가를 계속 전하려 하

가을

고 있었다. 잘못 걸린 전화라고 생각하며 다른 버튼으로 손을 옮기려는 순간 어머님의 목소리가 귀에 걸렸다.

"어멈아, 내가 이상하다."

정확하지 않은 발음이었지만, 어머님 목소리였다. 평소 지병으로 앓고 계셨던 혈압으로 쓰러지셨고, 그 순간 나에게 전화를 해온 것이었다. 곧 달려갔지만 어머님은 되돌릴 수 없는 상태가 되어 계셨다. 지금도 어머님은 코에 호스를 낀 채 형님 댁에 2년째 누워 계신다. 조금 정신이 드실 때에는 미안한 얼굴로 눈물을 흘리시기도 한다. 어머님은 한마디도 하시지 못한다. 어머님 앞에서 나 혼자 말을 걸어오다가 요즈음은 나도 소리를 내지 않는다. 그냥 어머님 얼굴을 바라보며 마음속으로 이야기를 한다.

'어머니, 된장 좀 주세요. 오늘 말날馬日인데, 장 안 담그세요?'

서툰 숟갈질과 허기진 입들이
겨울비 속에 지나다니고
뜨끈한 훈김, 후루룩 한 모금
아직은 말 말거라
지평선 가득 밥 짓는 냄새 날 때까지
나는 굽은 허리로
더 휘어진 소나무 숲속으로 걸어가리라

겨울

—

산부추꽃

—

'나는 무엇을 하고 있는 걸까'

그곳을 무연히 바라보고 있는
여인의 모습은 내 마음속
자화상 같았다

그곳은 진리가 있는 곳
나는 진리의 방향으로 서 있는
절망하는 편집자였다

흔들릴 때마다
이 그림을 바라보았다

1월, 새의 묵상

—

—

　　　　　　　　새의 속도가 느려졌다. 잎을 다 떨군
나뭇가지에 앉아 말이 없다. 나뭇가지 사이로 빈 하늘을 보
는지, 떨어진 낙엽들 사이에 쌓인 잔설을 보는지 알 수가
없다. 새와 나는 서로 침묵을 겨루듯 조용하다.
　　새가 앉아 있는 저 나무가 연둣빛으로 나에게 일격을 가
했던 그날을 잊을 수가 없다. 언제부터인가 나는 시골에
가서 살고 싶다는 나의 깊은 속마음을 알아챘다. 그러나
아이들 학교 문제, 회사일 때문에 엄두를 내지 못하고 있
었다. 그래서 한 달에 한 번 강원도 미천골 깊은 숲속 펜션

에서 하루 이틀 묵는 정도로 마음을 달래며 세월을 보내고 있었다.

그러다 둘째 아이의 대학 입시가 끝나자 시골을 향한 마음이 적극 수면 위로 떠올랐다. 남편과 나는 생명보험을 해약했다. 그리고 나무가 살고 있는 땅을 샀다. 땅만 사놓았을 뿐 집을 지을 형편이 되지 않아, 차를 타고 달려가 보온병의 커피를 따라 마시며 이리저리 걸어 다니다 오곤 했다.

그런 세월을 보내고 지인의 소개로 알게 된 건축가와 이런저런 이야기를 나누다가, 초저예산으로 산속에 집을 지어보기로 했다. 나는 건축가에게 가능한 한 나무를 베지 않고 집을 지었으면 좋겠다고 몇 번을 강조했다. 내 말을 귀기울여 들은 건축가는 학생들과 답사차 현장에 나와 나무의 위치와 배치도를 그렸다. 장비가 드나들기 쉬워야 건축이 수월했을 텐데 그러질 못했다. 나무를 살리며 집을 짓느라 도면에서 데크의 한 부분이 잘려나가기도 하고, 방의 크기가 줄기도 했다.

건축가에게도 '나무', 현장 소장에게도 '나무', 나는 나무를 외치고 다녔다. 그리고 드디어 집의 정면 창에 유리가 끼워졌다고 해서 현장을 방문하게 되었다. 나무의 푸르름이 가장 아름다운 5월 초였다. 이쪽저쪽 현장을 체크하다가 유리의 정면에 서는 순간 강한 충격을 받았다. 커다란 유리에는 앞 숲의 연둣빛 나무들이 두세 겹으로 반사되고 있었다. 그 장면은 어떤 기억을 정면으로 떠오르게 했다. 그것은 나의 무의식 깊이 저장된 어떤 장면이었다. 그리 행복하지만은 않은, 그렇다고 그리 불행하지도 않은, 슬프며 애잔하고 배 속 끝까지 닿는 어떤 느낌이었다.

그날 나는 건축가에게 "집 잘 지으셨네요. 잘 잡아내셨어요." 가감 없이 말했다. 현장 스태프들과 함께 저녁을 먹으러 간 자리에서 나는 거의 밥을 먹지 못했다. 낮에 보았던 연둣빛 나무의 반사된 느낌이 너무 강했기 때문이다. 서울로 돌아오는 차 안에서 나의 마음은 송두리째 휘청거렸다. 몸도 따라 휘청거렸다. 무엇이 나의 기억 속에 그다지도 강하게 자리를 잡았는지 집으로 돌아온 나는 입을 다물고 연둣빛 느낌에 따라 지난날 지나온 길을 찬찬히 되짚어갔다.

나의 고향 모충동에는 외사촌들이 모여 살았다. 큰외삼

촌네, 작은이모네, 작은외삼촌네 등 몇 집만 건너면 친척이 사는 동네였다. 그 동네의 가장 어른은 우리 외할머니였는데, 할머니가 어느 집에선가 저녁 식사를 끝내시면, 손자나 손녀 두 명이 할머니의 양쪽 팔을 부축해 큰외삼촌 댁에 모셔다 드리는 걸로 하루 일과가 마무리되곤 했다. 외사촌들과 나는 마구 뛰놀다가 때가 되면 어느 집이든 들어가 밥을 먹었다. 맨밥에 고추장을 넣고 비벼 인원수대로 숟가락을 꽂아 밥을 퍼먹었다. 추운 겨울에는 이불 한 장에 발을 덮고 동그랗게 모여 앉아 이야기를 나누기도 했다. 누가 방귀라도 뀌면 이불을 풀썩이며 냄새난다고 난리를 피우곤 했다.

말이 없고 순하던 사촌 택균 오빠는 대학에 들어가더니 세로줄로 인쇄된 《쇼펜하우어》와 《마음의 샘터》라는 책을 자주 읽었다. 그러다가 점점 더 말을 줄이고는, 급기야 병이 나고 말았다. 어른들은 걱정스러운 얼굴로 모여 앉아 "택균이가 그 아가씨를 너무 좋아했댜.", "병원을 저렇게 가지 않으려 하니 걱정여." 하며 우리들이 들을까 목소리를 낮춰 말했다.

겨울

사촌들이 우리 아버지를 잘 따랐기 때문에 택균 오빠를 입원시키는 일도 결국 아버지의 몫이 되었다. 아버지는 택균 오빠를 달래서 병원에 입원을 시키고는 돌아와, 택균이를 두고 돌아서는데 발길이 떨어지질 않아 혼났다며 자꾸만 한숨을 내쉬었다. 엄마는 택균 오빠가 보던 책을 집으로 가져와 머리맡 서랍 속에 간직했다.

사촌들도 나도 마음속에 택균 오빠에 대한 상실감을 간직해야 했다. 그러면서도 함께 모여 또 뛰어놀았다. 마을 안에 있는 큰 묘지에서 미끄럼을 타기도 하고, 장마가 지면 고기를 잡으러 무심천으로 나갔다가 어른들께 혼이 나기도 했다. 족히 스무 명이 넘는 사촌들, 그중 나의 서열은 끝에서 두 번째쯤 된다. 벌 떼처럼 도열해 있는 사촌 오빠들 때문에 동네의 어떤 아이도 나를 함부로 건드리지 못했다. 나는 마음에 들지 않으면 고개를 좌우로 흔들면 됐고, 갖고 싶은 것이 있으면 턱짓으로 가리키면 됐다.

기억이 여기까지 이르자 한 장의 흑백사진이 선명하게 떠올랐다. 모충동 우리 집 앞에서 찍은 가족사진이었다. 집

184

입구에 식구들이 조르르 서 있는데, 그곳이 집이 아니라 숲의 입구 같은 느낌을 주었다. 어려서 이 사진을 보았을 때는 집 주변에 둘러싸여 있던 나무들이 보이지 않았다.

결혼을 한 지 28년이 넘었다. 내가 친정에 간 횟수는 손에 꼽을 정도다. 우리 시댁은 일도 많고, 탈도 많았다. 그래서인지 친정에 대한 기억은 꽤 많이 잊었다고 생각했다. 그러나 시골에 지은 집과의 대면에서 나는 원형의 내가 그대로 살아 있는 것을 발견했다. 놀랍고 당황스러웠다. 나는 시댁에 잘 적응했고, 지난날은 그냥 지난 줄 알았다. 생명보험을 해약해 나무가 있는 땅을 사고, 나무! 나무! 외치며 집을 지은 것은, 이래저래 눌러놓은 나의 원형이 시킨 짓이라는 생각에 이르렀다.

그리운 것이 나무뿐이랴, 한 사람의 걱정이 모두의 걱정이 되고, 걱정을 안고도 모여 뛰어놀던, 그런 인정이 살아 있는 동네, 사람 사는 동네가 그리웠던 것이다.

시골 신입생의 묵상이 끝나 새가 앉았던 자리를 바라보니, 빈 가지만 하늘가에서 떨리고 있다.

겨울

그래서 오늘도 가방을 싼다

—

—

                  회색 바탕에 파란색 줄무늬가 있는 가방을 꺼낸다. 남편 속옷 한 벌, 내 속옷 한 벌, 양말과 수건 두 장을 넣고, 집에서 먹던 반찬 중 덜어갈 것이 있나 살펴본다. 매주 금요일 오전이면 벌어지는 풍경이다. 그 와중에 회사에서 걸려오는 전화와 문자 메시지를 확인하고, 책의 판매 수량을 헤아리며 커피까지 마시고 있다.

    일상은 내가 이곳, 지금 살고 있는 곳에 그대로 머물러 있어야 할 이유들을 가져다 담처럼 둘러놓는다. 큰아이에게 중요한 시험이 있고, 마감하는 책의 마지막 과정을 한

번 더 봐주고 싶은 마음이 있고, 날씨는 춥고, 내가 좋아하
는 선생님의 병문안도 가봐야 하는데…. 남편도 나도 우리
를 둘러싸고 있는 일들에 대해서는 함구무언이다. 우선 짐
을 꾸리고 시골집으로 가는 일이 먼저다. 짐을 모두 싣고
차 문을 탁 닫는 순간, 관성과의 싸움에서 간신히 벗어났다
는 느낌이 든다.

어느 정도 서울을 벗어나면 보온병에 담아온 커피와 종
이컵을 꺼낸다. 남편과 나는 마치 승리의 축배를 들듯 커피
를 마신다. 그러고서야 떠나기 전까지 우리를 잡아당기던
일상의 문제들과 마음의 갈등에 대해 이야기를 풀어놓는
다. 오른쪽 창밖으로 보이는 두물머리 푸른빛 산 능선들과
강물에 반사되는 산 그림자는 흔들리는 데칼코마니 같다.

시골에 집을 짓기 전에 우리는 양평 증동리 산 중턱에 있
던 월세 20만 원짜리 집을 얻어 2년 가까이 주말 시골 생활
을 해보았다. 그때까지만 해도 막연히 시골로 가고 싶다는
생각뿐이었지, 왜 시골로 가려 하는지, 어떠한 삶을 원하는
지에 대한 확신이 없었다.

한적하고 깨끗한 시골 단독주택을 싼값에 구하는 일은 하늘의 별 따기처럼 어려웠다. 또한 시골로 들어간다 하더라도 농사지을 체력도 없고 농법도 모르고, 시골 분들이 귀하게 여기는 땅에 잡초가 무성할 게 뻔했다. 이러저러한 여건과 상황들을 고려하다 보니 집을 구하는 건 더 어려워졌다. 그런데 이런 사정을 알고 있던 '소통 교육 트레이닝'에서 만난 선배가 "한순 씨가 딱 좋아할 만한 집이 있다."고 알려왔다. 우리는 한달음에 차를 타고 그곳으로 달려갔다.

아담한 초등학교 운동장에 오래된 느티나무가 늘어서 있는 작고 평화로운 마을 끝자락 언덕 위에 있는 집이었다. 마을 도로를 따라 평지가 끝나는 지점에서 산속 언덕으로 100미터 가량 올라간 숲속에 오도카니 집 한 채가 앉아 있었다. 다른 때 같으면 너무 외져 무섭다고 했을 텐데, 이날은 그 집이 눈에 쏙 들어왔다. 나는 그 집을 얻겠다고 말했고, 이곳저곳을 헤매던 차라 남편도 어물쩍 끌려들고 말았다. 두근거리는 마음으로 다시 그 집을 찾았을 때는, 처음 만났던 설렘은 사라지고 없었다. 대신 꾀죄죄한 샌드위치 패널과 사람이 살지 않아 망가진 흔적들이 군데군데 눈에 들어왔다. 그러나 이미 배는 떠워진 후였다.

어찌어찌 우선 식생활에 필요한 최소한의 짐만 챙겨 이사를 하게 되었다. 트럭 한 대 분량의 이삿짐을 싣고 다시 만난 그 집은 마치 수돗물로 빠닥빠닥 씻어놓은 듯 반짝였다. 도배도 해놓고 유리창이며 지붕까지 물청소를 끝내놓은 상태였다. 바닥도 새로 깔고 주방도 깔끔하게 정리되어 있었다. 우리는 기쁘면서도 당황스러워 집을 관리하는 분께 어찌 된 일인지 물어보았다. 월세 20만 원을 받으면서 이렇게 수리하는 것은 수지타산에 맞지 않는 일이었다.

그곳은 교회에서 관리를 하는 사택 비슷한 곳이었는데, 교회 관리부 분들이 일요일 예배를 끝내고 모두들 올라오셔서 얼굴도 보지 못한 새로운 이웃을 위해 청소와 도배를 해준 것이었다. 도시 생활에 지쳐 쉴 곳을 찾아 헤매던, 작은 새 같은 우리 부부는 가슴으로 스미는 그분들의 배려에 경직되어 있던 마음이 스르륵 풀렸다.

그래서 우리는 관리부 분들이 올라오기만 하면 무조건 들어오시라고 해서 같이 밥을 먹었다. 상차림이야 그곳에서 나는 호박이나 가지 볶음 정도였으니 지나치게 검소한 밥상이었다. 그래도 관리부 분들은 겸연쩍은 듯 좋아해주셨다.

그럼에도 산속에 홀로 떨어져 있는 집에 사는 것이 그리 쉬운 일은 아니었다. 아랫집까지는 100미터 가량을 내려가야 했고, 소리를 질러도 들리지 않는 거리였다. 우리는 낮에도 문을 잠그고 지냈다. 밤에는 더더욱 무서웠다. 조립식 집이어서 조그만 산짐승이 지나가며 부딪히기만 해도 집 전체가 쿵 울렸다. 밤에는 작은 소리도 더 크게 들렸고, 그 소리는 온갖 무서운 상상의 소재가 되었다. 내가 "혹시 멧돼지가 지나간 것이 아닐까?" 하면, 남편은 "아니, 고라니가 지나갔을 거야." 하며 서로의 무서움을 달랬다.

남편은 잠이 들어도 나는 쉽게 잠들지 못했다. 그래서 음악을 듣기 시작했다. 쇼팽의 녹턴 16번에서 21번까지, 그리고 연습곡이 들어 있는 음반이었다. 나는 어두운 밤 밖에서 나는 소리를 듣지 않으려 아담 하라셰비츠Adam Hara-siewicz의 피아노 연주를 잠이 들 때까지 듣고 또 들었다. 그렇게 피아노 음 하나하나에 귀와 마음을 주고 있으면 간신히 잠이 들 수 있었다. 긴 밤이 지나고 아침이 밝아오면 창

밖의 일렁이는 연둣빛과 같이 땅! 첫 음이 시작되는 쇼팽의 그 음반을 다시 들었다. 아마도 하루에 그 연주를 다섯 번 정도는 들은 듯하다.

그런데 이상한 것이, 캄캄한 밤에 듣는 음악과 밝아온 새 아침에 듣는 음악이 너무도 달랐다. 밤에는 피아노 한 음 한 음에 매달려, 쇼팽은 어떤 마음으로 이 곡을 썼을까 하고 그 마음을 헤아려본다. '그도 인생이 슬펐구나. 때로 막막하고 외로웠구나. 그가 풀어놓는 슬픔과 아름다움이 다른 이들의 마음을 치유하고 있구나.' 하면서, 마치 쇼팽의 마음속으로 한 걸음 한 걸음 들어가듯 음악을 듣는다. 그런데 아침에 듣는 쇼팽은 평화롭다. 지난밤의 깊은 농도는 사라지고, 아침 햇살에 빛나는 맑은 이슬 구르는 소리만 들려온다.

'나는 같은 집 같은 장소에서 같은 음악을 듣는데, 어떤 때는 아름답다 하고, 어떤 때는 무섭다 하고, 어떤 때는 평화롭다 하는구나. 산속 깊은 밤에 깨어 있지 않았다면, 쇼팽의 음악을 이렇게 반복해서 들을 수 있었을까? 나는 이

191   겨울

제야 비로소 쇼팽의 녹턴을 좀 들었다고 말할 수 있을 것 같다.'

산속 언덕 집에서 1년 반 정도의 월세살이를 마치고 짐을 싸 나오면서 이런 생각을 했다. 쇼팽의 녹턴을 하루에 다섯 번씩 주말마다 들었으니, 한 달이면 사십 번, 1년이면 사백팔십 번, 1년 반이면 칠백이십 번을 들은 셈이었다. 그렇다면 사회생활을 하는 동안 열과 성을 다해 만났다고 생각했던 사람들, 그들에게 과연 나는 최선을 다했던가? 사람에게 지칠 때마다 나는 자연 속에서 홀로 쉬고 싶다고 생각했다. 어두운 밤을 지나며 쇼팽과 만났던 것처럼, 한 사람을 조금이라도 이해하기 위해 최소한 칠백이십 번은 만났어야 하는 건 아닌가 생각했다. 나는 아직 멀었다. 사람을 좋다, 싫다 판단하기에 아직 이르다. 이런 생각을 마음에 담고 시골집 언덕길을 내려왔다.

시골집에 고요히 앉아 겨울나무 빈 가지를 바라보고 있노라면 많은 문제들이 자명하고 단순해진다. 하지 않아야 할 일과 해야 할 일에 대한 판단은 시골집에 있을 때 훨씬 자명해진다. 반면 도시는 무엇인가 과부하의 연속이고, 그것은 질긴 끈처럼 사람을 당긴다. 아무도 묶은 사람은 없으나 모두 묶여 있는 듯하다. 사람들은 묵묵히 스스로가 묶어 놓은 삶에 충직하다.

서울에서 나흘 살고, 시골에서 사흘 사는 일이 나 스스로 담금질하는 일이 아닌가 생각이 들 때가 있다. 온탕과 냉탕을 오가며 신체를 단련하듯, 서울과 시골을 오가며 정신과 마음을 수련하는 것이다.

이미 시골에 들어와 20여 년을 산 선생님이 씩 웃으며 "시골에 들어와 나무를 제대로 보려면 한 3년은 걸려." 하던 말씀이 떠오른다. 그래서 오늘도 나는 가방을 싼다.

겨울

신념이 확 무너져 내릴 때
인간이 자연으로
한 계단 한 계단 내려갈 때
소리 한번 치려고
겨울 강가에 다다랐으나
겨울 강도 입을 다물었다
네모난 책처럼
강물이 풀려
한 글자, 한 글자 물처럼 스미는
책을 좋아했다.
책 동네에 산 것이
참 다행이다

모피코트는 어디로 갔을까?

—

—

　　　　　　미움처럼 사람의 에너지를 갉취해 가는 도둑이 있을까? 겉으로는 웃었지만, 속에는 커다란 가시 하나가 솟아 매우 불편한 날이었다. 오랜만에 성경 선생님 댁에 인사 겸 성경 공부를 하러 간 날이었다. 그런데 모임에는 낯선 분들이 여럿 함께하고 있었고, 한 주간 묵상한 내용들을 돌아가며 나누기 시작했다. 한 부인의 차례가 돌아오자 "다른 사람들이 미워질 때마다 꺼내보는 사연이 있습니다." 하고 조용히 이야기를 시작하셨다.

"친정어머님이 암으로 판정을 받은 날은 매우 쌀쌀한 겨울이었어요. 어머님이 죽을병에 걸렸다는 사실에 가슴이 아파 대기실에 망연자실해 앉아 있는데, 어느 정도 시간이 흐르자 주변에 모였던 가족과 친지들이 밥 먹고 오자며 자리를 벗어났지요. '아! 사람이 죽어가는데 산 사람은 먹어야 하는구나!' 생각이 들더라고요. 식구들의 뒷모습을 좀 원망스럽게 쳐다보다가 어머니에게로 시선을 돌렸지요. 의자에 누워 계신 어머니께 덮어드렸던 어머니의 모피코트 한 자락이 바닥으로 흘러내려가 있더군요. 그런데 그 코트 자락을 올려드리면서 '이 모피코트는 내 남편이 박봉에도 한 푼 한 푼 모아 해드린 것이니 내 거지.' 하는 생각이 순간 들더라고요. 그런 생각을 하다니 나 자신에게 소스라치게 놀랐지요. '지금 어머님의 죽음을 앞에 두고 내가 무슨 생각을 하는 거지?' 그 후 다른 사람들의 행동이 마음에 들지 않아 미움이 생길 때마다 그 모피코트를 떠올렸답니다."

모두들 진지하게 부인의 이야기를 귀담아듣고 있었는데, 한 분이 농담 삼아 "그래, 그 모피코트는 누가 가졌어요?"

하고 짓궂은 질문을 했다. 한바탕 웃음이 번졌다. 큰 올케
는 체격이 너무 커서 입지 못하고 결국 자신에게로 모피코
트가 왔지만, 부인은 그 코트를 볼 때마다 죄책감이 떠올라
입지 못하고 있었단다. 그러던 어느 날, 집에 도둑이 들어
와 그 모피코트를 훔쳐갔는데, 오히려 그때부터 마음이 홀
가분해졌다고 한다.

부인의 이야기가 끝나갈 무렵 내 마음을 찌르던 가시는
사라져 있었다. 나에게도 남몰래 펼쳐보는 나만의 사연이
있기 때문이다. 직장에서 매일 만나는 사람들, 그리고 손
만 뻗으면 만질 수 있는 가족들 사이에서 미움은 자연발생
적이다. 그러나 미움의 화살을 내쏘기 전에, 나만의 사연을
펼쳐볼 수 있는 자성의 시간을 갖는다면, 최소한 몇 분만이
라도 화살을 자신에게 돌려본다면, 마음이 만들어낸 가시
에 스스로 찔리는 어리석음을 범하지는 않을 것이다.

산부추꽃

—

—

주말마다 짐을 꾸리던 파란색 체크무
늬 가방 손잡이에 때가 꼬질꼬질하다. 내용물이 다 빠진 가
방은 지퍼가 열린 채 널브러져 편안하게 쉬고 있다. 이틀
뒤면 저 가방은 또 세탁된 수건을 넣고, 속옷을 넣고, 커피
설탕을 넣고, 발뒤꿈치에 바르는 약을 넣고, 와구와구 무엇
들을 넣은 다음 차에 실릴 것이다. 그리고 쫓기듯 차는 시
골집으로 달릴 것이다.

시골집에서 우리를 애타게 기다리는 사람은 없다. 서울
에서 우리를 나가라고 쫓아내는 사람도 없다. 그런데도 허

둥지둥 시골집을 향해 밥도 거르며 달리게 된다. 시골 어느 귀퉁이에 있는 보리밥집에 앉아 때늦은 점심을 먹을 때도 있다. 시골집이 우리를 부르는 것인가, 아니면 우리가 시골집을 찾는 것인가?

시골집 마당에 들어서면 수돗가에 옮겨 심은 산부추꽃이 나를 반긴다. 지난해 초가을쯤 참나무 숲에 서 있다가 나무들 사이에는 어떤 식물들이 사는지 궁금해진 적이 있다. 나무가 너무 커서 햇빛이 잘 들지 않는 곳에도 키 작은 식물들이 자라는 것을 보았기 때문이다. 경사가 꽤 심한 곳에 발을 눌러 딛고 고개를 숙이다 그 꽃을 보았다. 보라색 원형의 꽃이 기품 있는 모습으로 서 있었다. 그늘에 낮게 피는 다른 꽃들보다 키가 훨씬 컸다. 가늘고 곧게 뻗은 꽃대와, 기품 있게 옆으로 늘어뜨린 이파리는 숲속 공간을 평정하고도 남을 만큼 아름다웠다. 산부추꽃의 아름다움에 넋을 뺏긴 채 고개를 들어보니, 조금 더 떨어진 뒤쪽에 또 한 촉, 그 뒤쪽으로 또 한 촉이 피어 있었다.

산부추꽃들이 얼마나 아름다운지, 나는 내가 본 것을 다른 사람에게 말하지 않으리라 생각했다. 나만 몰래 올라와

서 살짝 보고 가야지 하고 마음먹었다. 꽃을 보는 순간, 숲에 상쾌한 공기가 한 번 더 지나가는 듯한 기분은 참 신비한 경험이었다. 산부추꽃이 피어 있는 숲의 아름다움에 경도되어 내려온 나는 이틀이 되지 못하여 남편에게 이 사실을 말하고 말았다. 그리고 남편을 데리고 다시 꽃이 있던 곳으로 갔다. 남편 역시 그 아름다움에 경이로워했다.

　남편이 내려가고 나는 그곳에 서서 이 꽃이 왜 이렇게 사람을 감동시키는지 느껴보려 했다. 산부추꽃은 세거나 강하거나 뽐내지 않았다. 키 큰 나무들이 햇빛을 가리고 있는 가파른 언덕일지라도 뿌리를 내렸다. 꽃이 피는 와중에도 꽃 사이에 공간을 만들어 숲의 공기를 받아들였다. 산부추꽃의 모양새와 역할이 꽃의 의도인지 신의 의도인지 나는 알지 못한다. 그러나 저 신성한 꽃은 내 안의 선을 자극하였다. 기품 있는 아름다움으로 놀라게 하고, 새로운 세상이 있음을 느끼게 하고, 뭔가 착해져야겠다는 생각을 하게 했다. 고요하고 상쾌한 숲에서 나는 혼자서 기도 같은 말을 웅얼거렸다.

"저는 살면서 사람 속의 악을 자극하지 않고, 선을 자극하는 산부추꽃처럼 살고 싶습니다."

그런데 결국 산부추꽃에 대한 사랑을 이기지 못하고 한 촉을 파내어, 반그늘이 지는 우리 집 수돗가로 모셔왔다. 숲에서 한 언약을 집 가까이에서 늘 상기하고 싶은 욕심에서였다. 이파리는 축 늘어지고, 아침저녁 나는 산부추꽃의 눈치를 보느라 정신이 없었다. 청소를 하러 가다가도 들여다보고, 설거지를 하면서도 창밖으로 꽃의 상태를 살폈다. 나의 애타는 마음을 알았는지, 여러 날이 지나자 산부추꽃은 이파리를 몇 개 떨어뜨리고 나서 간신히 기운을 차렸다. 그리고 또 여러 날이 지나자 내 삶의 화두처럼 보랏빛 촛불 한 자루가 켜졌다.

보랏빛 촛불 앞으로 사람들이 왔다 갔다 하게 되었다. 웃기도 하고, 하늘을 바라보기도 하고, 음식을 먹기도 했다. 사람들은 무심히 산부추꽃 근방을 지나다녔다.
시골 생활을 하면서 가장 많이 한 것은 밥이다. 서울에서 보다 시골에서 쌀이 줄어드는 속도가 몇 배는 빠른 듯했다. 나에게 집이란 숲이 있고, 나무가 있고, 상추가 있고, 홀로 햇빛을 마주하기도 하고, 사람들과 어울려 밥을 먹는 장소다. 나는 이곳 시골집에서 유년 시절의 집 풍경을 그대로 흉내 내고 있다.

쫓기듯 도시를 떠나고, 쫓기듯 자연을 떠나는 생활의 반복이 벌써 2년 가까이 되어가고 있다. 저토록 예쁜 보랏빛 촛불도 겨울로 접어들면 고개를 꺾는다. 화무십일홍이요, 달도 차면 기운다. 내가 도시에 있어도 저 꽃은 피고 또 기울었을 것이다. 그러나 도시에서는 속도에 떠밀려 꽃을 바라볼 시간을 마련하기가 어려웠다.

꽃을 보아도 시간은 흐르고, 꽃을 보지 않아도 시간은 흐른다. 봄이면 꽃이 피고, 가을이면 꽃이 진다. 진실만큼 허무한 것이 없고, 또 허무한 것만큼 진실한 것이 없다. 나는 매주 주말이면 파란색 체크무늬 가방을 들고 어디로 가고 있는 것인가?

"나는 도피처로 가고 있는가, 안식처로 가고 있는가?"

"나는 타인에게 도피처인가, 안식처인가?"

"나는 나 자신에게 도피처인가, 안식처인가?"

봄, 여름, 가을, 겨울 색깔이 다른 교과서가 시간에 따라
펼쳐지는 곳이 자연이다. 매년 친절하게 말없이 많은 것을
가르쳐준다. 우리의 나이만큼 반복해서 가르쳐준다.
식물이 떨어뜨린 씨앗 하나가 생명의 움을 틔우기까지,
두더지는 포슬포슬하게 땅을 일궈놓고, 빗방울은 대지의
목마름을 적셔놓고, 또 낙엽은 이불을 덮어 온기를 지켜준
다. 무심한 듯 자신의 일을 하지만, 이런 무심들이 모여 하
나의 생명을 빚어낸다.

배움이란 끝이 없는 먼 길이라는 것을 조금 알게 된 것은
얼마나 다행한 일인가!

안식처와 도피처는 도시에도 있고, 시골에도 있다. 친구에게도 있고, 내 속에도 있다. 그러나 꼭 권하고 싶다. 자연에 머물 수 없는 상황이라면 자주 자연을 찾아갈 것을. 우주홍황이 자연 속에서, 내 안에서, 산부추꽃 안에서 돌고 있다는 사실을 그곳에서 거울처럼 마주할 수 있을 테니 말이다.

이제 산부추꽃은 사라지고 나무에 하얗게 덮여 있다. 흰 눈이. 모든 생명을 무심하고 평등하게 덮어주는 흰 눈이.

겨울

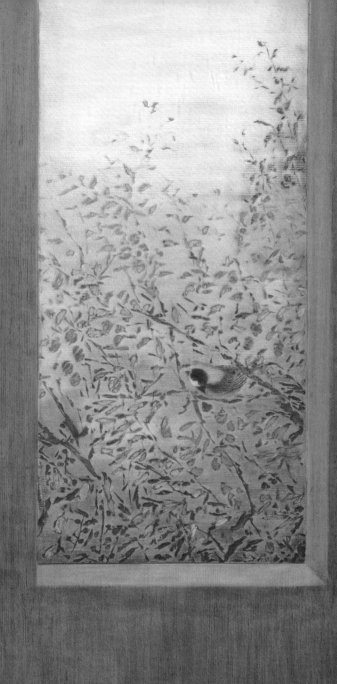

반으로 줄여야 해

—

—

눈이 내린다. 하얗게.

보아도 보아도 질리지 않는 색, 무한한 가능성의 흰색 앞에 서면 그 무엇이라도 도드라져 보인다. 눈에게 나뭇가지 한쪽을 내어준 나무는 더욱 분위기 있는 모습으로 서 있다.

새해다. 지난 연말, 남아 있는 며칠 사이 마음속에서 종종거리는 외침이 있었다.

"어느 공간이든 가지고 있는 것을 반으로 줄여야 해."

올해가 가기 전에 해야 할 일이 있다면, 물건을 밖으로 내놓는 일. 빈 공간을 많이 만들수록 물건이나 사람이 선명하게 보일 것이다. 그리고 그 여백의 공간으로 진정한 복이 깃들 것이다. 하나를 보아도 명확하게 볼 것이며 깊이 볼 것이다. 물건 하나를 살 때면, 집에 있는 물건을 두 개 내놓을 각오로 사야 한다.

이런저런 생각을 하는 사이 밤이 지나고 밖에는 눈이 계속 쌓이고 있었다. 동네 이장님이 트랙터를 가지고 차와 사람이 다닐 수 있도록 길을 밀어주었다. 그런데 공교롭게도 우리 옆집까지였다. 우리 집은 막다른 골목이라 트랙터를 돌릴 수가 없다는 이유에서였다.

20센티미터 가까이 쌓인 눈이 그대로 얼 것을 생각하니, 그냥 앉아 있을 수가 없었다. 면장갑을 끼고, 그 위에 고무장갑을 한 겹 더 끼고 눈을 치우러 나갔다. 넉가래를 들고 눈을 밀자 아직 눈이 얼지 않아 스르륵 밀렸다. 그러나 눈의 양이 상당히 많아 나는 몇 번이고 턱, 턱, 브레이크가 걸린 듯 서 있어야 했다. 처음에는 직선으로 눈을 밀다가, 눈의 양이 많아지면 살짝 사선으로 밀고, 다시 한번 더 남은 눈을 정리했다. 그렇게 왕복으로 눈 속을 왔다 갔다 하다 보니, 몸에서 땀이 흐르고 옷 사이로 김이 몽글몽글 솟아올랐다. 나와 눈과 넉가래와 하늘만 있었던 것은 아니었다. 눈을 치우는 와중에도 혹시 이웃에서 볼까 싶었고, 괜히 부담을 주면 어쩌나, 옆집에서 빗자루라도 들고 나오면 어쩌나 염려되기도 했다.

나는 그냥, 눈과 내가 일대일로 만나 밀고 밀리는 상황을 즐기려 했다. 그러다 보니 이웃에 대한 염려도 줄어들고, 눈 치우는 일에 그대로 빠져들 수 있었다. 그래, 어쩌면 인생은 너무나 단순한 것이다. 결국 '나와 나'의 문제다. 내가 나를 넘어서는 문제다. 눈이 오고, 눈이 쌓이고, 눈을 치우고, 그렇게 땀을 흘리는 것이다. 사람들과의 관계 속에서 많은 일들이 이루어지지만, 그 이전에 나와 내가 만나 말을 건네고, 바라보고, 생각하고, 실행하는 일이 우선이다. 결국 나를 눌러앉히는 적도 내 안에 있고, 나를 불끈 일어서게 하는 든든한 조력자도 내 안에 있다. 나와 내가 만나 쌓아가는 길, 그 견고한 길 위에서 비로소 다른 사람들과도 만날 수 있다.

헉헉 차오르는 숨을 고르려 허리를 펴자, 옆집에서 테라스 문을 열고 나왔다. "뭐 해요? 차 우리 집 주차장에 세워요." 하고 소리쳤다. 나는 "아니에요. 조금만 밀어놓으면 햇빛이 녹여줘요. 햇빛이 아까워서요." 그녀는 고개를 살짝 기울이며 웃더니 들어갔다.

첩첩이 쌓인 물건도, 두껍게 쌓인 눈도 넉가래로 한번 밀어내면, 그곳에 남은 앙금은 햇빛이 들어 녹여준다. 작년 겨울 시골 생활 경험이 없어 게으름을 피우다 눈 치울 시기를 놓쳐, 한겨울이 다가도록 군데군데 얼어붙은 빙판 때문에 고생했던 기억이 났다.

세수를 하고 새해가 왔다. 지난 연말 마음이 동동거리며 전하던 메시지를 잊지 말아야겠다. 물건도, 눈도, 마음에 쌓이는 우울감도 제때 치울 것. 그러면 햇빛이 다가와 남은 것들을 녹여줄 거니까. 그래서 복이 깃들 충분한 공간을 마련해줄 거니까.

겨울

가장 먼저 보여주고 싶은 사람

—

—

시골집 창가에 앉아 비 오는 바깥 풍
경을 바라보고 있다. 같이 서 있어도 이질적으로 보이던 풍
경들이 촉촉한 안개비에 한 덩어리로 뭉개진다. 엷은 안개
를 몸에 감은 나무는 내리는 비에 겉만 젖은 것이 아니다.

옛 어른들은 죽을 운을 맞은 해에 집을 짓는다고 했다.
나는 집을 지으면서 그 말의 의미를 실감했다. 그만큼 집
때문에 몸으로도, 마음으로도 어려운 상황을 많이 겪어야
했다.

어찌어찌 우여곡절 끝에 근 1년이 걸려 집을 완성했을

때는, 그래서 그 기쁨이 더할 수밖에 없었다. 지독히 성실하게 하루하루를 살아서 이런 집을 가질 수 있었나 하는 생각이 들기도 했다. 남편과 나는 집 주변을 돌며 사진을 찍어댔다. 사진 속에 나무 한 그루 집어넣었다가, 저 멀리 집과 떨어진 숲까지 올라가 집을 찍어보기도 했다.

그러다 문득 이 집을 가장 먼저 보여주고 싶은 사람이 누구인가 생각했다. 망설임 없이 떠오른 사람은 돌아가신 아버지였다. 나는 50이 넘은 지금도 아버지 품에 번지던 구수한 담배 냄새를 기억한다.

아버지는 세상살이에 능란하지 않았다. 동업을 하던 친구에게 사기를 당하고도 '오죽하면 그랬겠느냐?' 불쌍히 여기며, 헤어질 때는 당신 손에 들린 국수 한 근 중 절반을 떼어 들려 보냈다는 이야기도 들었다. 그토록 마음이 약하고 인정 많은 아버지여서 우리는 하지 않아도 될 고생까지 했다.

아마 내가 대여섯 살 때일 것이다. 아버지는 무주 구천동 깊은 산골짜기로 들어가 홀로 기거하며 잠농을 하셨다. 이

시기를 제외한 나의 성장기에 아버지는 늘 사정거리 안에 계셨다. 예민하고 몸이 약했던 어머니를 대신해 내 주변을 맴돌고 계셨던 것이다.

아버지 곁을 떠나 결혼을 하고 며칠이 지났는데, 이상하게 방이 지저분해 보였다. 방을 치우고 나서 '어! 이상하다. 시집오기 전에는 방이 이렇지 않았는데…' 하는 생각이 들었다. 그때서야 시집오기 전에 아버지가 하셨던 말씀이 생각났다.

"쟤 시집가면 나도 같이 가야 되는데…."

내가 "왜요?"라고 묻자 아버지가 "방 치워줘야지."라고 대답하셨다.

그러고 보니 직장 생활 할네 하고 방 한번 치워본 기억이 없었다. 시집을 와 집에서는 하지 않던 청소에, 빨래에, 요리까지 하려니 뭔지 모르게 고달팠다. 그래서 아버지에게 전화를 걸었다. "아버지, 우리 집에 오세요." 하자, 아버지는 "내가 왜 너희 집에 가니?" 하며 냉정하게 말했다. 전화를 끊으며 눈물이 핑 돌았다. 그러면서도 한편으로는 시집온 이곳이 고달프긴 하지만, 내가 이겨내며 살아야 할 곳이구나 하는 생각을 했던 것 같다.

　큰아이가 세 살쯤 되었을 때 오랜만에 친정 나들이를 했다. 사방은 개나리 노란빛으로 떠들썩하고, 우리는 오랜만의 만남에 들떠 있었다. 그런데 들뜬 분위기가 한 차례 지나가자 아버지가 나를 조용히 불렀다. "얘야, 오지 말란다고 진짜 안 오면 어쩌니? 네가 막내로 자라 시집가서도 응석 부릴까 염려되어 그런 것이다." 하고, 시집보낸 후 냉정했던 시기에 대해 이야기를 해주셨다. 덕분에 나는 시집에 더 빨리 적응을 했고, 친정을 오가는 갈등 없이 독립할 수 있었다.

　시골에 집을 짓고 하루 이틀 묵상의 시간들이 주어지면서 부모님 생각을 많이 하게 된다. 지금 내 나이 때 부모님의 모습을 떠올려보기도 하고, 시부모님 나이에 나의 나이를 대보기도 한다.

　그러던 어느 날 나는 소스라치게 놀랐다. 내가 어느 시기의 아버지의 모습, 그러니까 아버지가 가족들을 두고 무주 구천동 산골로 들어갔던 시절을 흉내 내고 있다는 사실을 깨달은 것이다. 아버지처럼 농사를 짓지는 않지만, 나의 시골집은 양평 시내에서도 꽤 떨어진, 논과 밭을 끼고도 한참 들어와 있는 산 중턱에 지어졌다.

이곳에 집을 짓겠다는 결정을 할 때까지 우리 부부는 많은 질문을 해야 했다. 그것은 한편의 포기이면서 동시에 한편의 선택을 위한 질문들이었다. 양적 팽창인가? 질적 팽창인가? 다른 사람들이 바라보는 삶인가? 내가 선택한 삶인가? 더 잘살 필요가 있는가? 잘산다는 것은 과연 무엇인가? 이런 무수한 질문 속에서 지어진 시골집이었다.

올망졸망 오 남매를 도시에 놔두고, 자연과 함께 가족의 터전을 마련해보겠다고 무주 구천동으로 들어가셨던 아버지는, 그곳에서 얼마나 많은 질문들과 마주했을까? 깊은 산중에 집을 짓고, 누에가 뽕잎 먹는 소리를 벗 삼아 지냈던 아버지, 청주 집으로 돌아가려던 막내딸이 해 질 녘 다시 눈앞에 나타나자 그만 눈물을 흘리고 말았던 아버지.

아버지가 살아 계신다면, 겉은 마른 듯 보이나 속에 물을 잔뜩 빨아올린 봄 나무 같은 우리 아버지를 등에 업고, 제

일 먼저 이 집에 모시고 들어가고 싶다. 그리고 아무 말 없이 그저 엷은 미소로 아버지의 삶을 끄덕여주고 싶다. 비오는 창밖을 한 번 바라보고, 아버지 얼굴을 한 번 바라보면서.

겨울

빗방울 떨어지는 해 질 녘
나는 집으로 가고 싶습니다
안식과 살냄새가 있는 집
구름에 나지막한 앞산만 허리 숙이는 저녁
저 먼 우주에 있는 이들도
주섬주섬
불을 켜고 돌아오는 저녁

열정과 사랑

—

—

　　　　　결혼을 세 번 하고 이혼을 세 번 한 팔
십이 된 여배우에게 앵커의 질문이 날아왔다.

"사랑이 뭐라고 생각하세요?"

"나는 사랑과 열정을 구분하는 데 팔십 년이 걸렸습니
다."

그녀의 대답은 사랑에 대한 정의도 열정에 대한 정의도
아니었다.

열정의 탈을 쓴 사랑과 사랑의 탈을 쓴 열정 사이에서 뒤엉켜 있던 삶을 그대로 드러내 보이고 있었다.

열정이 자기중심적 에너지라면 사랑은 상대 중심적 에너지일까?

그러나 많은 사람이 자신을 사랑하면서 타인을 사랑한다고 말한다. 애달픈 혼돈이다.

연인의 사랑이든, 부부의 사랑이든, 부모 자식 간의 사랑이든 이 혼돈은 늘 존재한다.

대화를 나누면서도 들어주는 마음이 충만하다면 아마도 그것은 사랑일 것이다.

그런 사람은 자신의 의지대로 말하지 않고 상대의 마음에 귀를 기울이거나 그의 눈을 지그시 바라볼 것이다.

밤에도 홀로 피는 저 열정, 내가 나 자신을 혼돈하게 만드는 저 열정과 사랑을 좀 더 깊이 바라볼 걸 그랬다.

내가 나를 사랑하고 나면 다른 사람도 사랑하게 된다는 것을 늦었지만, 이제라도 알게 되어 참 다행이다.

겨울

그림 목록

표지   결-지음, 101×136cm, 나무에 단청기법, 2015

10   화엄홍매, 66×89cm, 나무에 단청, 2017

26   결-지음, 97×143cm, 나무에 단청기법, 2014

36   봄의 시작, 80.3×117.3cm, 나무에 단청기법, 2014

48   옛날의 그 집, 98×138cm, 나무에 단청기법, 2017

66   결-소나기, 86×32cm, 나무에 단청기법, 2006

102   결-정안수, 131×75cm, 나무에 단청기법, 2015

116   조우-옛집, 100×85cm, 나무에 자개, 혼합기법, 2020

124   결-하일서정, 43×106.5cm, 나무에 단청기법, 2005

134   결-자미화, 71×89cm, 나무에 단청기법, 2017

143   달을 담다, 94×85cm, 나무에 단청기법, 2015

158   결-창, 112×148cm, 나무에 단청기법, 2015

179   결3531, 22.5×18cm, 나무에 단청기법, 2002

194   積, 143×129cm, 나무에 단청기법, 2008

206   결-지음, 101×136cm, 나무에 단청기법, 2015

218   결-가족, 70×100cm, 나무에 단청기법, 2017

이곳에 볕이 잘 듭니다

초판 1쇄 인쇄 2021년 4월 7일
초판 1쇄 발행 2021년 4월 13일

지은이 | 한순
그린이 | 김덕용
펴낸이 | 한순 이희섭
펴낸곳 | (주)도서출판 나무생각
편집 | 양미애 백모란
디자인 | 박민선
마케팅 | 이재석
출판등록 | 1999년 8월 19일 제1999-000112호
주소 | 서울특별시 마포구 월드컵로 70-4(서교동) 1F
전화 | 02)334-3339, 3308, 3361
팩스 | 02)334-3318
이메일 | tree3339@hanmail.net
홈페이지 | www.namubook.co.kr
블로그 | blog.naver.com/tree3339

ISBN 979-11-6218-145-4 03810

값은 뒤표지에 있습니다.
잘못된 책은 바꿔 드립니다.